STEIN'S BÜRO

STEIN'S BÜRO

TÖDLICHE BEGLEITUNG

EINE NEUE DIMENSION DES KRIMIS

TÖDLICHE BEGLEITUNG

STEIN'S BÜRO

Bert Steingötter, geboren 1951 in St. Pölten, lebt seit 30 Jahren in Wien. Steingötter war 25 Jahre Journalist und besitzt nun in Wien ein Beisl. Er schrieb mehrere Drehbücher für *Tatort* und *Eurocops*. Von Bert Steingötter erschien in der Reihe *Stein's Büro* auch der Roman „Autobombe“.

Bereits in der ab 1998 gültigen Rechtschreibung gesetzt.

Im Auftrag hergestellte Sonderausgabe

Idee und Konzept: Julius P. Breitschopf
Lektorat: Mag. Brigitte Gattermann

ISBN 3-7004-3678-5

I.

Also mal ehrlich: Wissen Sie an 'nem wunderbar lauen Sommerabend nichts Besseres zu tun, als sich in einer Masse blasierter Lackaffen vor Bildern zu drängen, die Ihnen absolut nichts sagen? Und einem affektierten Pinselschwinger zu lauschen, der Ihnen den Eindruck vermittelt, Sie seien selbst der größte Einfaltspinsel, da Sie die *gewaltige Symbolkraft* seiner Werke partout nicht erkennen.

Eben! Und auch ich wäre nie und nimmer auf diese blöde Vernissage gegangen, wenn mich die Lena, meine Lena, nicht dorthin geschleppt hätte.

Was hätten wir doch nicht alles unternehmen können! Stattdessen. Etwa im Mondschein spazieren gehen, um nur eine von zahlreichen Möglichkeiten zu nennen. Meine Phantasie kennt da gar keine Grenzen.

Aber nein: Sie hatte ausgerechnet diesen Abend der Kunst verschrieben. Und mich gleich mit. „Ein wenig Kultur kann dir nicht schaden, Stein."

Als ob ich ein kulturloser Mensch wäre! Gegen eine gewisse Esskultur, beispielsweise, hab' ich überhaupt nichts einzuwenden. Weiß mich, wenn's sein muss, sogar in einem noblen Restaurant durchaus zu benehmen. Wobei mir allerdings gemütliche Eckkneipen halt bedeutend lieber sind.

Oder die Trinkkultur. Zu feierlichen Anlässen durchaus meine Sache! Ein edler Wein aus einem schönen Glas schmeckt einfach besser. Weiß sogar, dass man ein solches Glas gefälligst am Stiel anzufassen hat, um keine hässlichen Fingerabdrücke zu hinterlassen.

Und ausgerechnet einen wie mich schalt die Lena gleich *Kulturbanause*, nur weil ich wegen ihres Abendprogramms nicht auf der Stelle in Begeisterungsstürme verfiel und mir der Name des angeblich ach so bekannten Malers absolut nichts sagte.

Jedenfalls: Wir gingen hin. Wobei ich dann tatsächlich große Augen machte, ehrlich fasziniert war. Nicht von den Bildern. Sondern von den Preiszettelchen, die darunter hingen.

Da ich, wie gesagt, von den Bildern nicht so fasziniert war, wandte ich mich dem kalten Buffet zu. Das noch gar nicht eröffnet war. Da ich aber ein herzensguter Mensch bin, nahm ich den Veranstaltern diese Mühe ab.

Alsbald bekam ich Gesellschaft eines jungen Mannes, der Notizblock und Kugelschreiber in seiner Sakkotasche verschwinden ließ, um die Hände freizukriegen für einen Teller und ein Glas.

„Müder Haufen“, knurrte er.

„Aber gutes Buffet“, sagte ich anerkennend mit vollem Mund. „Und obendrein gratis!“

Er verzog sein Gesicht. „Sie glauben gar nicht, wie sehr mir diese Sandwiches und das andere Zeugs schon zum Hals heraushängen.“

„Warum sind Sie dann überhaupt hier?“

„Weil's eben zu meinem Job gehört“, erklärte er. „Dietmar Löhr!“

So wie er sich vorstellte, erwartete er offenbar, dass ich mit dem Namen was anfangen könnte. Was aber nicht der Fall war.

„Bin Gesellschaftsreporter des ‚Nacht-Express‘“, fügte er, sichtlich enttäuscht wegen meiner Unwissenheit, hinzu.

„Tja, irgendwie muss sich jeder sein Brot verdienen“, meinte ich mitfühlend, wobei ich mir den nächsten Bissen in den Mund schob.

Ich hatte dies gar nicht bös gemeint. Sollte eher 'n Trost sein. Doch er bekam's in die falsche Kehle. „Und Sie hat wohl der Hunger in diese heiligen Hallen getrieben“, meinte er bissig.

„Nee“, seufzte ich. „Bin auf offener Straße gekidnappt und hierher verschleppt worden. Warte jetzt darauf, dass jemand das Lösegeld für mich zahlt.“

„Welchen Scherzbold hast denn du da an der Angel“, ertönte eine Stimme hinter uns. Sie gehörte einem zweiten jungen, hochaufgeschossenen Mann, der an seinen beiden Kameras der Marke Nikon, die eine an der Schulter baumelnd, die andere locker in der Hand, unschwer als Pressefotograf zu erkennen war.

„Wird er uns gleich verraten", grinste mich der Dietmar Löhr auffordernd an.

„Den Teufel werd' ich! Bin weder prominent noch sonst was. Also – was soll's?!"

Der Löhr nahm diese Abfuhr gelassen hin. Der Foto-Fritze hingegen blickte mich forschend an, runzelte nachdenklich die Stirn. Und plötzlich schoss sein rechter Zeigefinger vor, bohrte sich mir in die Brust.

„Stein! Dieser Privatschnüffler – richtig?! Wusste doch gleich, dass ich Ihr Gesicht schon mal gesehen habe. Kürzlich erst! Im Fernsehen. Nach dieser Erpressungsgeschichte, die Sie im Alleingang ganz toll geklärt haben."

„So toll war's gar nicht", winkte ich lässig ab. Und verfluchte in Gedanken die Lena, auf die ich im Moment ohnedies nicht gut zu sprechen war und die mich damals überredet hatte, den Fernsehreportern ein Interview zu geben. Bringt uns vielleicht neue Kunden, hatte sie gemeint. Doch war das der Fall gewesen? Nee. Lediglich der Besitzer des Tabakladens ums Eck grüßte mich seither ganz besonders freundlich. Doch seine Preise blieben dieselben.

„Warum so bescheiden, Mann", grinste der Hochaufgeschossene. „Sie sind 'n Held!"

„Bin ich ganz und gar nicht."

„Machen wir eben einen aus Ihnen", meldete sich nun wieder der Dietmar Löhr zu Wort und brachte das Handy, das eben in der Innentasche seines Sakkos zu piepsen begann, mit 'nem Knopfdruck zum Schweigen. „In Form einer Home-Story! Der berühmte Detektiv ganz privat. Wie Sie mit Ihren Kindern Eisenbahn spielen. Dann noch Ihre Frau, die täglich um Ihr Leben bangt . . ."

„Hab' weder Frau noch Kinder", fiel ich ihm nüchtern ins Wort. „Und hasse Eisenbahnen!"

„No Problem! Also: *Stein, der einsame Wolf!* Wie er nächtens durch die finstersten Gassen streift, nur von einem einzigen, treuen Freund begleitet: seinem Colt . . ."

Ja! So 'ne einsame finstere Gasse wünschte ich mir jetzt herbei. Oder 'nen Colt. Um die zwei Heinis niederzuschießen. Denn anders würde ich sie kaum loswerden. Hingen jetzt wie Kletten an mir. Und wollten unbedingt 'ne Visitenkarte von mir haben.

Nun gut, warum nicht? Also zog ich eins meiner Kärtchen hervor. Doch ungeschickt, wie ich gelegentlich bin, rutschte es mir aus der Hand und segelte zu Boden. Ich bückte mich rasch danach, klaubte es auf. Und stieß dabei unglückseligerweise mit dem Kopf gegen Dietmar Löhrs linke Hand, in der er den Teller hielt. Und auf dem Teller lag ein mit Mayonnaise reich verziertes Sandwich. Eben noch lag es dort. Denn nun klebte es auf Löhrs Hemdbrust. Und war gar keine Zier.

„Oh du meine Güte“, sagte ich sehr erschrocken. „Das gibt Flecken!“

„Scheiße“, fluchte der Löhr und schlüpfte rasch aus dem Sakko, um wenigstens dieses vor Schaden zu bewahren. Zum Abschied ließ er mich noch wissen, dass er sich demnächst bei mir melden werde. Ich hielt's für eine eher leere Drohung. Was sich aber als fataler Irrtum erweisen sollte. Früher als gedacht.

II.

Verdammt früh sogar! Die Leuchtziffern meines Radioweckers zeigten 3.47 Uhr, als mich das Schrillen des Telefons aus tiefem Schlummer riss.

„Stein“, knurrte ich unfreundlich in die Muschel.

„Löhr hier“, drang eine heisere Stimme an mein Ohr. „Sie wissen schon: der Reporter von gestern Abend . . . Bei der Vernissage . . .“

„Ja – und?! Gehen die Flecken nicht raus aus Ihrem Hemd?“

„Ich brauche Ihre Hilfe!“

„'n Waschpulver brauchen Sie. Mehr nicht!“

„Verdammt, so hören Sie doch endlich zu!“, schrie er gequält auf. „In meinem Bett liegt 'ne Leiche! Alles ist voller Blut . . .“

Also noch mehr Flecken, war mein erster Gedanke. Da würde Waschpulver allein wohl nicht ausreichen, mein zweiter. Ich behielt aber beide für mich, sagte stattdessen: „Sie sollten die Polizei verständigen. Und Ihren Anwalt.“

„Den Dr. Wegscheider erreich' ich nicht, momentan. Und natürlich werde ich die Polizei anrufen, ganz klar. Ich hab' mir nur gedacht, es wäre ganz gut, wenn Sie, als Privatdetektiv, vorher vielleicht, auf 'nen Sprung . . .“

„Waren Sie's?“

„Was?“

Dass Reporter oft sehr begriffsstützig sind, wusste ich aus eigener, leidvoller Erfahrung. Aber der Löhr musste schon wirklich total mit den Nerven am Ende sein, um den Sinn dieser Frage nicht zu verstehen. Oder stellte er sich nur so dumm?

„Ob Sie die Leiche zu einer solchen gemacht haben, will ich wissen,“ knurrte ich ärgerlich ins Telefon.

„Natürlich nicht", keuchte er los. „Ich hab' dieses Mädel nicht umgebracht. Wirklich!"

Jetzt war eigentlich die ideale Gelegenheit für mich gekommen, um zu sagen: „Na wunderbar! Dann wird sich Ihre Unschuld ja herausstellen." Und aufzulegen. Ganz schnell. Denn erstens brauchte ich meinen Schlaf. Und zweitens kann ich Reporter ohnedies nicht ausstehen.

Andererseits: Wie ich mich kannte, war's mit dem Schlaf jetzt sowieso Essig. Weil's mich natürlich interessierte, brennend sogar, wie dem Löhr eine Tote ins Bett gelangt sein sollte, ohne dass er dabei nachgeholfen hätte.

Also wünschte ich ihm keine „gute Nacht" – wär' auch höchst unpassend gewesen in dieser Situation – sondern fragte nach seiner Adresse.

„Nun gut. In zwanzig Minuten bin ich dort. Und nichts anrühren inzwischen, ja!"

„Natürlich", sagte er. Und schien sehr erleichtert.

III.

Der Löhr musste von seiner Zeitung entweder finanziell sehr kurz gehalten werden oder sein Geld für andere Dinge ausgeben. Denn das winzige schmucklose Häuschen mit ein paar Quadratmetern ungepflegtem Grün rundherum war zwar sicher einst der ganze Stolz seiner Besitzer gewesen, entsprach aber längst nicht mehr unseren heutigen Vorstellungen von Wohnkomfort. Im verwinkelten Vorzimmer mit dem Stiegenaufgang reichte der Platz gerade eben für 'ne Kleiderablage, ein Telefontischchen und drei Türen.

Über eine schmale Treppe gelangte man hinauf ins Dachgeschoss. Und damit ins Schlafzimmer. Ein Kasten, so vollgestopft, dass die Türen nicht richtig zugingen; ein Sessel, der momentan als Ablage für die sorgfältig zusammengefaltete Bettdecke, ein Sommerkleidchen und einen winzigen Slip diente; und ein Doppelbett. Unter dem Bett ein Handtäschchen und ein Paar Riemchenschuhe mit Bleistiftabsätzen, auf dem Bett die splitternackte Leiche einer jungen Frau, der jemand ein Küchenmesser so wuchtig in die Brust gestoßen hatte, dass nur mehr der Holzgriff herausragte.

„Wer ist sie?"

Dietmar Löhr, der ebenso wie ich auf der obersten Treppenstufe stehen geblieben war, schüttelte hilflos den Kopf. „Keine Ahnung. Noch nie gesehen." Und sehr zaghaft fügte er dann noch hinzu: „Aber ich glaube, sie heißt Kerstin."

„Wie kommen Sie da drauf?", fragte ich einigermaßen verwundert.

Er blickte zunächst nur höchst unglücklich drein, sagte dann schluckend: „Gleich nach meinem Anruf bei Ihnen läutete das Telefon. Ich dachte, Sie seien's. Doch es war irgendein Mann, sehr aufgeregt und laut. Wo die Kerstin stecke, hat er gefragt. Und behauptet, ich müsse das wissen."

„Was haben Sie geantwortet?"

„Nichts. Hab' aufgelegt. Und wie's gleich nochmals läutete, bin ich einfach nicht mehr rangegangen."

„Sie müssen die Polizei verständigen", sagte ich eindringlich. „Jetzt auf der Stelle. Bevor er's tut."

Dietmar Löhr nickte, stapfte die Treppe hinunter zum Telefon. Ich näherte mich vorsichtig dem Bett, suchte dabei den Raum nach etwaigen Kampfspuren ab. Nichts davon zu entdecken. Auch keine Abwehrverletzungen an der Leiche. Die junge Frau schien sich absolut sicher gefühlt zu haben.

Ich hätte am liebsten die Bettdecke geschnappt und über das arme Ding da gebreitet. Doch die Leutchen von der Kripo hätten für mein Anstandsgefühl wohl kaum viel Verständnis aufgebracht. Also ließ ich's lieber bleiben, zog lediglich ein Taschentuch hervor, bückte mich eben nach dem Täschchen unterm Bett, als ich merkte, dass die Tote irgendwas in ihrer rechten Faust umklammert hielt. Vorsichtig lockerte ich die Finger ein Stück. Ja, ich hatte richtig geraten: ein Kondom. In diesem Punkt also war die schöne Unbekannte vorsichtig gewesen. Leider nur – in diesem.

In ihrem Täschchen fand ich weitere Gummis, einen Lippenstift, einen Spray für frischen Atem, einen kleinen Schlüsselbund, eine Geldbörse mit ein paar Scheinchen darin und eine Taxirechnung über 34 Mark, dem Datum nach bereits nach Mitternacht ausgestellt.

Ich hatte genug gesehen, um mir auf all das einen Reim zu machen. Klappte das Täschchen rasch wieder zu und schob es unters Bett zurück, da ich den Löhr die Treppe hochkommen hörte. Ging ihm entgegen.

„In zehn Minuten werden die da sein", sagte er mit Grabesstimme.

„Zeit genug, mir alles zu erzählen."

„Da gibt's nicht viel zu schildern. Ich bin heimgekommen, war hundemüde, wollte gleich ins Bett. Und wie ich oben das Licht aufdreh' . . ."

Er verstummte mit einem schweren Seufzer.

„Wann genau sind Sie heimgekommen?"

„Hab' nicht auf die Uhr gesehen. So gegen halb vier. Versuchte zuerst meinen Anwalt zu erreichen. Hab's ein paar Minuten lang dort läuten lassen. Und dann Sie angerufen."

„Kann Ihr Kollege, dieser Fotograf ... Wie heißt er übrigens?"

„Jochen Wörrisch. Aber der kann gar nichts bezeugen. Das ist es ja! In jeder anderen Nacht – überhaupt kein Problem! Uns gibt's normalerweise nur im Zweier-Pack. Er ist für die Fotos zuständig, ich für die Schreibe. Aber diesmal ... Es war ja nichts los in der ganzen beschissenen Stadt. Nur diese blöde Vernissage am frühen Abend. Dann noch 'n todlangweiliger Termin in 'ner miesen Disco – das war's auch schon. Gegen 23 Uhr hab' ich den Jochen vor seiner Wohnung abgesetzt und bin heimgefahren. Wollte mal tüchtig ausschlafen. So was tut gut, wenn man Nacht für Nacht bis zwei, drei in der Früh unterwegs ist, sieben Mal die Woche."

„Sie waren also doch hier!"

„Nur kurz. Denn wie ich mich eben hinhaun wollte, klingelte das Telefon."

„Wer rief an?"

„Gute Frage! Das wüsste ich selber gerne, um diesem Arschloch den Hals umzudrehen. Nennt seinen Namen nicht, sagt nur, dass er 'ne verdammt heiße Story für mich hätte. Nicht den üblichen Gesellschaftsquatsch. Nee! 'ne richtige Story. Die er auch beweisen könne, mit schriftlichen Unterlagen und Fotos und allem. Er wolle nicht mal Geld dafür. Und das heutzutage, wo jeder schon glaubt, für 'nen merkwürdig geformten Furunkel am Arsch absahnen zu können. Seine einzige Bedingung: Ich müsste ihn sofort, in dieser Nacht noch, treffen. Bei 'nem alten Wasserturm kurz vorm Flughafen, ein Stück abseits von der Autobahn."

„Eine merkwürdige Bedingung", sagte ich.

„Aber er hatte auch 'ne Begründung dafür, die gar nicht schlecht klang: Er müsse aus Deutschland abhaun. Sein Leben sei in Gefahr und der Flug nach Übersee für den frühen Morgen bereits gebucht."

„Das haben Sie ihm einfach so abgenommen", grinste ich mitleidig. „Klingt doch nach 'nem fürchterlichen Schauermärchen!"

Er zuckte schwach mit den Achseln. „Natürlich war ich skeptisch. Andererseits: was, wenn's stimmt?! Es konnte meine große Chance sein! Und daher . . ."

Nickend vollendete ich seinen Satz: „Daher sind Sie dorthin gefahren zu dem Wasserturm, haben stundenlang brav gewartet. Doch niemand ist gekommen. Vor allem aber auch: Keiner hat Sie gesehen. Tja. Ein Gesellschaftsreporter ohne Gesellschaft – das ist blöde."

Er nickte schwach. Und zuckte im nächsten Moment unter einem Stakkato von Hammerschlägen oder ähnlichem gegen die Haustür zusammen.

Waren die zehn Minuten schon um, die Hüter des Gesetzes bereits eingetroffen?

Nein. 'ne Dampfwalze auf zwei Beinen mit gut zehn Jahren Knasterfahrung. Zumindest schätzte ich diesen Herrn, der als Erstes den armen Löhr gleich mal niederrannte, derart ein. Und ich verschätze mich selten.

„Wo ist die Kerstin?", brüllte die Dampfwalze mit einer Stimme, die nicht nur den Löhr erzittern ließ, sondern gleich das ganze Haus.

IV.

Drei Minuten später oben im Schlafzimmer: Der Löhr kauerte wimmernd am Fußboden, blutete aus der Nase. Ich stand gegen die Wand gelehnt, hielt mir mit der Linken den Bauch und drückte den Handrücken meiner Rechten gegen die aufgeplatzte Oberlippe. Unser später Gast stierte jetzt stumm auf die Tote hinab, ballte seine ebenfalls blutigen Fäuste. Nur war's unser Blut, das auf ihnen haftete. Nicht seines.

Zwei gegen einen, werden Sie jetzt sagen und hämisch den Kopf schütteln. Kann ich Ihnen auch gar nicht verdenken.

Doch erstens einmal zählte der Löhr nicht. Zählte in diesem Kampf ungefähr so viel wie das Nummerngirl in einer Box-Arena, hatte nur leider nicht dessen optischen Reize. Schon vorher nicht und jetzt noch weniger.

Zweitens hätten Sie unseren Gegner mal sehen sollen. Nicht, dass er so besonders groß gewesen wäre. Eher das Gegenteil. Aber ungeheuer stämmig. Und wieselflink auf seinen kurzen Beinchen.

Und drittens bin ich's gewohnt, meine Schläge nicht mit Fäusten auszuteilen, sondern mit Worten. Bloß war ich zunächst gar nicht dazu gekommen, den Mund auch nur aufzumachen. Und hatte dann gewisse Schwierigkeiten dabei – mit geplatzter Oberlippe.

Jedenfalls versauten wir zwei, der Löhr und ich, das Schlafzimmer ganz ordentlich mit unserem Blut. Als ob hier nicht vorher schon genug Blut dagewesen wäre. Die Tatortgruppe der Kripo würde sicher rot sehen. Weitaus wichtiger war mir im Moment allerdings, dass unser Box-Champion angesichts der Leiche zumindest fürs Erste das Fäusteschwingen eingestellt hatte.

Höchste Zeit für mich mal auszuprobieren, wie sich meine Stimme mit aufgeplatzter Lippe anhört.

„Dürfft iff ffielleifft erffaffen ..."

Halt, stopp! Das wird nichts. Besser, ich bring gleich die übersetzte Version. Die vielen

„f“ können Sie sich ja dazudenken. Also nochmals von vorn:

„Dürft' ich vielleicht erfahren, wer Sie überhaupt sind?“

Ohne seinen Blick von der Leiche zu wenden, murmelte er: „Klaus Rollner. Geschäftsmann.“

Mein Gott, er verstand mich sogar!

„Und die Tote?“

„Das ist die Kerstin. Kerstin Beck. Eins meiner Mädel.“

Obwohl ich mir bereits vorstellen konnte, in welcher Branche er geschäftsmäßig tätig sei, wollte ich's von ihm hören. Und bat freundlich um nähere Erläuterung.

Jetzt endlich fühlte er sich bemüßigt mich anzublicken. „Bin Inhaber der Begleitagentur *Pretty Baby*. Und die Kerstin hat für mich gearbeitet. 'ne Spitzen-Puppe, ohne Übertreibung!“ Und mit einer kurzen Kopfbewegung hin zum Löhr, der immer noch wimmernd am Boden kauerte, fügte er hinzu: „Aber fragen Sie ihn, wenn Sie mir nicht glauben. Er muss es ja wissen, hat sie ja hierher zu sich bestellt.“

„Nichts habe ich, gar nichts!“, heulte der Dietmar Löhr auf. „War die ganze Zeit unterwegs, bin jetzt erst heimgekommen . . .“

Doch der Klaus Rollner hörte gar nicht auf ihn, sah vielmehr mich sehr nachdenklich an.

„Wer sind übrigens Sie? Sein Kindermädchen?“

„Stein. Privatdetektiv.“

„Interessant“, sagte er. Verriet aber nicht, was er daran gar so interessant findet, sondern richtete seinen Blick nun wieder auf die tote Kerstin Beck.

„Echt schade um sie. ’n schwerer Verlust. ’n verdammt schwerer sogar. Sie glauben gar nicht, wie viel Kohle die mir gebracht hat. Wird nicht leicht sein, ’nen einigermaßen gleichwertigen Ersatz zu finden. Gar nicht leicht . . .“

Im ersten Moment hatte das Wort *Geschäftsmann,* seine Person betreffend, recht hochtrabend geklungen. Doch wenn ich ihm jetzt so zuhörte, begann ich mich insgeheim zu fragen, ob er nicht tatsächlich einer war. Ein Geschäftsmann. Und eben dabei, ein Geschäft einzufädeln.

Doch ehe wir weiterplaudern konnten, drang von unten ein neuerliches Klopfen an unser Ohr.

„Wer kommt da?“, fragte der Herr Rollner.

„Tja“, sagte ich und lächelte ihn dabei ganz lieb an. „Falls ich mich nicht wahnsinnig täusche, wird’s wohl die Polizei sein.“

„Scheiße“, sagte er.

Und ich klopfte mir insgeheim auf die Schulter. War mit meiner Mutmaßung also gar nicht so falsch gelegen, was diesen ehrenwerten *Geschäftsmann* betraf . . .

V.

Die Lena, meine Lena, erschrak ordentlich, als ich am nächsten Morgen mit immer noch fürchterlich verschwollener Lippe im Büro auftauchte.

„Wie ist denn das passiert?"

„Tja", sagte ich gedehnt und dementsprechend bedeutungsschwanger, „das kommt davon, wenn man sich zu sehr mit der Kultur einlässt. Hättest du mich gestern Abend nicht zu dieser blöden Vernissage geschleppt, wäre meine Lippe heute noch heil!"

Schön der Reihe nach erzählte ich der Lena die nächtlichen Ereignisse. Angefangen vom Telefonanruf, der mich unsanft aus dem Schlummer riss. Bis hin zum Eintreffen der Polizei, die mich auch nicht eben sanft behandelte. Sondern meinte, ich sollte hier schleunigst verschwinden.

Womit ich noch gut dran war im Vergleich zum Dietmar Löhr. Der nicht weggescheucht, sondern gleich einkassiert wurde, festgenommen unter dem dringenden Tatverdacht des Mordes an Kerstin Beck.

„Und?! War er's, deiner Meinung nach?"

„Hab' mir noch keine Meinung gebildet", antwortete ich wahrheitsgemäß. „Weil ich im Grunde noch viel zu wenig weiß, in der ganzen Hektik gar nicht dazu gekommen bin, mich nach den wirklich entscheidenden Details zu erkundigen. Speziell mit diesem Rollner hab' ich noch das eine oder andere Wörtchen zu reden."

„Du hältst es tatsächlich für möglich, dass dieser liebenswerte Zeitgenosse bereit gewesen wäre, die ganze Sache einfach so zu vergessen – gegen 'ne gewisse Abschlagszahlung, versteht sich?"

„Ja", sagte ich und nickte bitter dabei. „Durchaus. Aber ihn jetzt darauf anzusprechen wäre sinnlos. Er würd's natürlich abstreiten, regelrecht empört. Nein, es sind andere Dinge, die ich mit ihm bequatschen muss.

Mit einem Blick auf ihre Armbanduhr meinte Lena, dass der Klaus Rollner um diese Zeit wohl noch schlafen werde.

„Macht nichts. Vorher möchte ich mir ohnedies nochmals die Löhr'sche Hütte gründlich angucken. Bei Tageslicht."

„Ich komme mit", sagte Lena und sprang entschlossen aus ihrem Schreibtischsessel hoch.

Ich hatte nichts dagegen.

VI.

Das Haus sah im Sonnenschein auch nicht besser aus als bei Nacht. Eher sogar noch schlimmer. Dabei hätte sich die Hütte mit 'nem neuen Verputz, netten Blumenkisten an den Fenstern optisch zumindest durchaus aufmotzen lassen.

Sei's drum! Ich wollte den alten Kasten ja nicht kaufen, sondern bloß nachschauen, ob sich jemand hier heimlich Zutritt verschafft haben könnte. Etwa durch eins der Fenster. Die aber zeigten keine Spuren von Gewalt und waren alle fest verriegelt.

Theoretisch wär's natürlich möglich, dass eines während Löhrs Abwesenheit doch offen gestanden war, der Frischluft wegen. Und dass der große Unbekannte hindurchschlüpfte und das Fenster hinter sich schloss. Die Wahrscheinlichkeit schien mir freilich gering. Denn wie ich den Löhr einschätzte, war der alles andere als ein Frischluft-Fanatiker.

Dennoch. Ich würde den Löhr auf die Fenster anreden müssen. Wie ich ohnedies noch jede Menge Fragen an ihn hatte. Etwa jene, ob's noch jemanden gibt, der Schlüssel zu diesem Haus besitzt.

Ich hatte meinen kurzen Gang rund ums Häuschen beendet, stand jetzt wieder vor der Haustür, nahm das Schloss in Augenschein.

Ein modernes Sicherheitsschloss. Durch diese Tür jedenfalls konnte kein Fremder eingedrungen sein. Außer . . .

Ich blickte mich suchend um, bückte mich dann nach einem Blumentopf, der einigermaßen verloren und mit vertrocknetem Inhalt gleich neben der Haustür stand, hob ihn hoch. Und förderte darunter – ja was wohl zu Tage? Richtig! Einen Reserveschlüssel! Triumphierend hielt ich ihn hoch, um ihn Lena zu zeigen.

Sie war ehrlich verblüfft. „Woher hast du gewusst, dass ausgerechnet unter diesem Blumentopf . . .?"

Ich grinste ganz locker. „Erfahrung, liebe Lena! Reine Erfahrung. Denn was Verstecke betrifft, beweisen die wenigsten unserer Mitmenschen echte Phantasie."

„Gut, schön", sagte Lena, „hab' wieder was dazugelernt. Nur: Besagt dieser Fund irgendwas? Außer eben Phantasielosigkeit."

„Meiner Ansicht nach tut er das sehr wohl. Ist sogar ein recht kräftiges Indiz dafür, dass unser kleiner Schreiberling diese Beck wirklich nicht ermordet hat. Denn wenn er der Mörder wäre, hätte er doch auf jeden Fall diesen Reserveschlüssel sogleich erwähnt, von nichts anderem mehr gesprochen. Eben als Beweis dafür, dass durchaus ein Fremder die Möglichkeit hatte ins Haus einzudringen."

Ich sah Lena erwartungsvoll an. Denn nun war sie an der Reihe, mein Argument nach allen Regeln der Kunst zu zerpflücken und, wenn möglich, zu widerlegen. Ein Spielchen, das sich schon häufig als durchaus geeignet erwiesen hatte, etwaige versteckte Schwachstellen in Überlegungen rasch aufzudecken Und obendrein speziell der Lena viel Spaß machte, da ihrem aufmüpfigen Naturell ohnedies jede Menge Widerspruchsgeist zu eigen war.

Diesmal jedoch enttäuschte sie mich. Wirkte zwar keineswegs überzeugt, blieb aber stumm. Also legte ich während unserer Rückfahrt ins Büro noch eins drauf, um sie vielleicht doch noch aus der Reserve zu locken: „Und ich sag's dir: So war's! Einer lockt mit 'ner fadenscheinigen Geschichte unseren Reporter weit fort in die Einöde, dringt in sein Haus ein, ordert unter seinem Namen telefonisch 'ne Sex-Hostess, bringt sie um, macht sich aus dem Staub. Und erreicht somit, dass jeder den Löhr für den Mörder hält. Perfekt!"

Wieder keine Reaktion Lenas. Ihr Schweigen machte mich langsam zornig.

„Was passt dir nicht?! Und bitte, überleg doch mal: Wenn der Löhr weiß, dass sein Name und seine Adresse in dieser obskuren Begleitagentur aufliegen – da wär's doch der reinste Wahnsinn von ihm, 'nen Mord zu begehen. Vom fehlenden Motiv ganz zu schweigen."

„Vielleicht hat er keinen hochgekriegt", stellte Lena trocken fest. „Die Kerstin lacht ihn aus, er rastet aus . . ." Und mit einem bösen Grinsen fügte sie dann noch hinzu: „Das ist ja das Merkwürdige an euch Männern: Je weniger sich bei euch regt, umso leichter seid ihr erregbar".

Wahnsinnig lustiges Wortspiel,. Lena. Wirklich. Ha, ha, ha! Doch da ich mich mit ihr nicht auf eine Diskussion über. die dunklen Kapitel des Mann-Seins einlassen wollte, sagte ich bloß betont nüchtern: „Ich bin zwar mit den Gepflogenheiten in dieser Branche nicht näher vertraut. Aber an die Grundregel Nr. 1 wird sich wohl auch diese Beck gehalten haben: Lach deinen Kunden niemals aus!"

Lenas Antwort klang nicht weniger nüchtern: „Schon allein deshalb – ein harter Job!"

VII.

Schweigend waren wir weitergefahren, schweigend betraten wir das Büro. Lena verschanzte sich sogleich hinter ihrem Computer.

„Lena! Was ist eigentlich los mit dir? Sag schon! Hab' ich dir irgendwas getan?"

Sie blickte von ihrer Arbeit hoch. „Nein", sagte sie, „getan hast du mir nichts. Bist 'n richtig netter Boss, Stein. Wirklich. Und 'n guter Privatdetektiv obendrein, der seine Arbeit ernst nimmt."

„Ich weiß noch immer nicht, worauf du eigentlich hinaus willst", sagte ich einigermaßen hilflos.

„Ich hab' dich beobachtet, Stein. Beim Haus. Wie du an den Fenstern gerüttelt, das Türschloss untersucht hast. An alles hast du gedacht. Nur nicht an die junge Frau, die hinter dieser Tür, hinter diesen Fenstern, abgeschlachtet wurde. An sie hast du keinen einzigen deiner wertvollen Gedanken verschwendet. Wozu auch? War ja bloß 'ne Nutte. Selber schuld."

„So seh' ich das wirklich nicht!"

„Doch, Stein. Genau so. Du willst es vielleicht nicht so sehen, tust es aber trotzdem. Weißt nichts, absolut nichts über die Kerstin Beck, hast sie dennoch schon längst in 'ner Schublade abgelegt – unter dem Buchstaben *N*. *N* wie *Nutte*."

Hatte ich wirklich? Nun, vielleicht. Aber das eingestehen? Nie im Leben! Also schüttelte ich trotzig den Kopf. „Hab' ich nicht!"

„Du hast", stellte Lena ungerührt fest. „Hör doch nur mal hin, wie du von ihr sprichst! Wär sie 'ne Krankenschwester oder so was, würdest du sagen: *die Kerstin.* Meinetwegen auch: *die Kerstin Beck.* So aber redest du bloß immer nur von *der Beck.* Nein, schlimmer noch: von *dieser Beck.* Fällt dir da gar nichts auf?"

Die Lena verstand es prächtig, mir 'n schlechtes Gewissen zu verpassen.

„Gewonnen", sagte ich mit 'nem kleinen Seufzer. „Und was soll ich jetzt machen? 'ne strenge Kammer aufsuchen, um Buße zu tun?"

„Würd' dir wohl so passen!", sagte sie. Und grinste endlich mal wieder. Das Schlimmste war also wohl überstanden.

Um das leidige Thema endgültig vom Tisch zu bringen, fragte ich schnell: „Und was hältst du nun von meiner Theorie, dass hier dem Löhr 'ne Falle gestellt wurde?"

„Möglich", sagte sie. „Aber war das auch das eigentliche Tatmotiv – ihn hinter Gitter zu bringen? Ober bloß 'n Nebeneffekt? Denn, wie gesagt: Wir dürfen die Kerstin nicht vergessen!"

„Du meinst also, dass es dem Täter im Grunde vor allem oder sogar ausschließlich darum gegangen sein könnte, die Kerstin zu töten. Und er die Sache halt so einfädelte, um den Mord dann einem anderen in die Schuhe zu schieben. Irgendwem.

„Richtig! Oder spricht was dagegen?"

„Ja", sagte ich. „Das fehlende Tatmotiv, da

der Mörder und die Kerstin einander ja nicht mal kennen durften! Denn andernfalls hätte er sich ihr gegenüber schwerlich als Dietmar Löhr ausgeben können – oder?!"

Der Lena war's geradezu anzusehen, wie's in ihrem Gehirn arbeitete. Schließlich schüttelte sie mit einem verbissenen Zug um den Mund den Kopf. „Ich an deiner Stelle würde dennoch diesen Klaus Rollner danach fragen, wie's dazu kam, dass ausgerechnet die Kerstin zu diesem Hausbesuch losgeschickt wurde. Ob das reiner Zufall war oder ob der Anrufer konkret nach ihr verlangte."

„Werd' ich tun", versprach ich, schon des lieben Friedens willen. Und schaden konnte es obendrein nicht.

VIII.

Eine angenehme junge Frauenstimme hatte mir am Telefon den Weg zur Begleitagentur *Pretty Baby* genau beschrieben. Zum Glück. Denn es gab keine Hinweisschilder noch sonst was, weder außen am Haus, einer halbverfallenen Bruchbude, noch an der Eisentür im Hinterhof. Kundenbesuche waren hier offenbar unerwünscht.

Ich suchte und fand einen Klingelknopf,

nach wenigen Sekunden machte die Tür „klick", ließ sich nun aufdrücken. Ein Rotschopf Mitte Zwanzig hockte in Jeans und T-Shirt lässig hinter einem wackeligen Schreibtisch, hatte vor sich 'ne Rätselzeitschrift liegen und in der Linken den Telefonhörer, wobei die Rechte die Sprechmuschel zuhielt.

„Herr Stein?!"

Ich nickte.

„Der Boss ist leider noch nicht da, muss aber jeden Moment ... Wenn Sie vielleicht inzwischen ..." Dabei deutete das durchaus hübsche Mädchen mit 'ner kurzen Kopfbewegung einladend hin zu einem Hocker. Womit das gesamte Mobiliar dieses winzigen Raumes, von einem wuchtigen Aktenschrank mal abgesehen, auch schon aufgezählt wäre. Der Durchgang zu einem zweiten Zimmer war mit einem Wollvorhang verhängt, der dringend einer gründlichen Reinigung bedurft hätte.

Die Rothaarige schenkte mir noch ein sehr nettes Lächeln, ehe sie ihre Hand von der Sprechmuschel nahm. „Hallo, da bin ich wieder! Wo war ich stehen geblieben? Ach ja! Bei unserer Sandra. Sie ist 20 Jahre alt, blond, hat verboten lange Beine, süße Brüste ..."

Der Rotschopf verdrehte ein wenig die Augen, sagte dann, nun gar nicht mehr so flötend wie zuvor, sondern betont distanziert: „Diesen

Punkt musst du schon mit ihr klären. Unter vier Augen. Also – interessiert?" Die Antwort muss eine ausweichende gewesen sein. „Nun gut, dann überleg mal schön!" Und schwups landete der Hörer auf der Gabel.

„Arschloch!", zischte der Rotschopf noch, womit ausnahmsweise einmal nicht meine Person gemeint war. Ich hatte übrigens vollstes Verständnis für diese Reaktion. Zeigte dies auch mit einem mitfühlenden Grinsen.

„Kaffee?"

„Gern!"

Sie holte eine Thermosflasche hervor, schenkte mir 'nen Plastikbecher voll.

„Wie laufen die Geschäfte?", fragte ich, um ein Gespräch in Gang zu bringen.

„Schlecht. Jetzt im Sommer. Das Telefon klingelt zwar alle zwei Minuten, doch sind das lauter so Typen, die sich den Hörer unters Kinn klemmen, um beide Hände frei zu haben. Weil's billiger ist, hier anzurufen als auf irgend'ner Karibikinsel . . . Milch, Zucker?"

Ich sagte dankend nein, führte den Becher vorsichtig an den Mund. Der Kaffee war noch heiß, brannte auf meiner lädierten Lippe.

Meine Gastgeberin lächelte wissend. „Bei mir war's das Nasenbein. Hat mich 'ne ganz schöne Stange Geld gekostet, das wieder einigermaßen zurechtbiegen zu lassen."

„Auch – *er?!*“, fragte ich und beäugte das Näschen, an dem nun wirklich nichts auszusetzen war. Ein verdammt süßes Näschen sogar. Wie seine Besitzerin insgesamt.

Sie nickte. „War ein wenig vorlaut gewesen – seiner Meinung nach. Und das genügte.“

„Netter Zeitgenosse. Bekam die Kerstin ebenfalls seine starke Hand zu spüren?“

„Keine Ahnung. In den wenigen Wochen, die sie bei uns war, hab' ich sie vielleicht dreimal zu Gesicht bekommen. Aber es würde mich wundern, wenn sie, ausgerechnet sie, nicht auch mal in seine Faust gelaufen wäre.“

„Warum? Ebenfalls – vorlaut?“

„Nein. Eher 'ne Stille. Aber verdammt neugierig. Und das schätzt unser werter Boss mindestens ebenso wenig.“

„Inwiefern neugierig?

Sie überlegte eben, ob es nicht besser sei, den Mund zu halten, als sie sich dessen plötzlich ganz sicher war. Denn von draußen wurde ein Schlüssel ins Türschloss gesteckt. Die Tür ging auf, Klaus Rollner trat ein.

Sein erster, nicht besonders freundlicher Blick galt dem Rotschopf, sein zweiter mir.

„Oh, der Herr Privatdetektiv. Ich hoffe, sie warten noch nicht allzu lange. Jedenfalls hat Ihnen die liebe Conny sicher die Zeit verkürzt.“ Sprach's und kniff ihr dabei ins Hinterteil. Es war ein höchst besitzanzeigendes Kneifen, das ihr gar nicht gefiel.

„Bring uns zwei Cognac“, sprach nun der Boss. Und hielt mir einladend den Vorhang zum zweiten Raum auf.

IX.

Das Chefbüro. Auch dieses war winzig klein, bot gerade Platz für einen Schreibtisch samt Computer, einen Besucherstuhl (auf dem ich mich niederließ) und eine Schlafcouch (auf die ich mit einer Kopfbewegung deutete).

„So anstrengend, Ihr Job?“

„Als verantwortungsvoller Geschäftsmann muss man die Ware doch erproben, die man seinen Kunden vorsetzt“, sagte er höchst salbungsvoll. Und grinste dabei dreckig.

„Laufende Qualitätskontrolle – ich verstehe.“

„Tja“, seufzte Rollner, „die Konkurrenz ist hart. Und mein Kundenstock anspruchsvoll. Übrigens: Auch einige Ihrer Branchenkollegen zählen zu meinen Stammgästen. Wenn Ihnen mal danach ist – ein Anruf genügt!“

Mein Gegenüber ahnte gar nicht, wie heftig ich bereits mit diesem Gedanken spielte. Doch er musste ja nicht alles wissen. Also tat ich so, als sei ich an seinem verlockenden Angebot überhaupt nicht interessiert, fragte vielmehr, ob denn auch der Dietmar Löhr zum Kreis der Stammkunden gehört habe.

Klaus Rollner schüttelte den Kopf. „Ich hab' noch in der vergangenen Nacht gleich nach meiner Rückkehr hierher unsere Unterlagen durchgeblättert, drei Jahre zurück. Sein Name taucht nirgends auf."

„Wie viele Mädels ..." Da eben die Conny den Raum betrat, um uns die bestellten Cognacs zu servieren, korrigierte ich mich rasch, „... junge Damen beschäftigen Sie eigentlich?"

„Sieben", sagte er, um dann ein bedauerndes „jetzt" hinzuzufügen.

„'ne beträchtliche Auswahl!"

Klaus Rollner prostete mir stolz mit seinem Cognacschwenker zu. „Für jede Geschmacksrichtung eine – so lautet meine Devise."

„Weshalb wurde ausgerechnet die Kerstin Beck losgeschickt. War sie zufällig an der Reihe oder wurde konkret nach ihr verlangt?"

Statt mir zu antworten, wandte sich Rollner an die Conny, die eben wieder den Raum verlassen wollte. „Ist die Sabine derzeit erreichbar?"

„Nein. Ist mit diesem Holzhändler in München. Er hat sie bis morgen früh gebucht."

Klaus Rollner grinste mich stolz an. „Tja, meine Mädls kommen ganz schön rum. Jedenfalls kann ich Ihnen Ihre Frage im Moment leider nicht beantworten. Denn es war die Sabine, die in der Nacht den Anruf vom Löhr entgegennahm."

Diese Aussage bedurfte dringend einer Korrektur meinerseits. „Sagen wir doch besser so: den Anruf eines Mannes, der sich Dietmar Löhr nannte!"

„Wenn Sie's so ausdrücken wollen – bitte sehr", sagte Rollner großzügig und lehnte sich dabei in seinen Lederstuhl zurück. „Nur damit Sie gleich mal klar sehen: Bevor eine losgeschickt wird, muss der Kunde seinen Namen, seine Adresse und seine Telefonnummer bekanntgeben. Wir schlagen dann im Telefonbuch nach, rufen zurück. Und erst wenn alles gecheckt ist, gibt's grünes Licht. Stimmt's, Conny?"

Sie nickte brav. Und wurde nun von ihrem Boss mit einem kurzen Wink aus dem Zimmer gescheucht.

„Wie Sie sehen, tun wir wirklich alles, um die Gefahren für die Mädls so gering wie nur irgend möglich zu halten. Natürlich bleibt ein gewisses Restrisiko, aber . . ."

„War die Kerstin Beck eigentlich eine, die Schwierigkeiten anzog."

„Die?!", lachte Rollner auf. „Nee! Sie kam aus Dresden. Die Mädels aus den neuen Bundesländern sind noch nicht so verwöhnt wie unsere. Die wissen noch, was 'ne Mark wert ist und dass man dafür 'ne anständige Leistung zu bringen hat. Richtig froh war sie bei mir überhaupt arbeiten zu dürfen. Ich wollte sie zuerst gar nicht nehmen – mit 28 ja fast schon zu alt für den Job. Speziell dann, wenn eine erst in die Branche einsteigt. Aber sie war gut. Sehr gut sogar. Wirklich schad' um den Hasen!"

X.

Ich ließ den guten Mann in seiner Trauer allein, kehrte diesen tristen Räumlichkeiten den Rücken, um kaum weniger triste aufzusuchen – jene Wachstube, in der ich Paul Brecher anzutreffen hoffte. Meinen einstigen Sitznachbar in der Polizeischule, der, im Gegensatz zu mir, diesem Verein die Treue gehalten hatte. Er sollte jetzt, rein zufällig, versteht sich, die Buchstabenkombination „R-O-L-L-N-E-R–K-L-A-U-S" in den Polizeicomputer eintippen um zu sehen, was dieser denn so ausspuckt.

Der Paul hätte das zweifellos für mich getan. Aus alter Freundschaft, wenn auch mit Bauchweh. Bloß: Sein Platz war verwaist. Nein, nicht Mittagspause. Schlimmer. Urlaub. Ganze drei Wochen. So 'n Mist!

Da ich keine anderen Kumpel bei der Polizei hatte, setzte ich mich wieder in meinen uralten Rover, der auch schon dringend 'nen Urlaub (oder zumindest ein Service) nötig gehabt hätte, so wie ich, fuhr in mein Büro zurück. Und wurde dort von einer breit grinsenden Lena empfangen.

„Was ist los“, knurrte ich schlecht gelaunt.

„Nichts Besonderes“, sagte sie leichthin. „Hab' mich nur ein wenig umgehört. Über den Herrn Rollner und seine famose Agentur.“

„Na, dann erzähl mal.“

„Um gleich mit dem für dich und dein vielleicht ein wenig angeknackstes Selbstbewusstsein wohl Allerwichtigsten zu beginnen: Du kannst deine aufgeplatzte Lippe sogar mit Stolz tragen! Denn der Rollner war früher tatsächlich Boxer. Berufsboxer sogar. Nicht grad Weltmeister oder so und auch nicht Deutscher Meister, aber immerhin. Nun – beruhigt?“

„Ich blühe auf wie meine Lippe“, sagte ich, noch immer grantig. „Und seine Agentur jetzt ist in Wahrheit bloß ein Sparring-Club – für gemischte Paare, um den Infight zu üben?“

„Was du schon wieder denkst, Stein“, rügte mich Lena mit gespielter Empörung. „Von Nahkampf ist überhaupt keine Rede! Offiziell. Da hält sich der Herr Rollner ganz streng an die Gesetze. Er vermittelt seine freien Mitarbeiterinnen bloß als Gesellschafterinnen, um einsamen Herren mit munterem Geplauder die Zeit zu vertreiben – in einem Restaurant, im Hotel oder auch daheim, wie sich's eben ergibt. Vielleicht auch noch, wenn's hoch kommt, tröstend das Händchen zu halten. Aber mehr ist nicht drin! Und damit nur ja nichts passiert, lässt der Herr Rollner jeden Neuzugang 'nen Wisch unterzeichnen, auf dem geschrieben steht, dass sexueller Kontakt mit dem Kunden in jedweder Form streng untersagt sei."

„'n richtiger Sittenwächter, der Herr Rollner! Dagegen ist ja jede Klosterschule der reinste Sündenpfuhl."

„Du sagst es. Und wenn sich eins der Mädchen beim Händchenfassen im Kerzenschein mal vergreifen sollte oder gar, vom vielen Plaudern ermattet, gemeinsam mit dem Kunden ins Bettchen sinkt, erfüllt dies den Herrn Rollner mit tiefer Traurigkeit wegen dieses Vertrauensbruchs. Aber er kann ja nicht jeder hinterher laufen, um sich zu vergewissern, ob sie sich an die Abmachungen auch hält."

„Man hat's nicht leicht mit diesen jungen Dingern", seufzte ich. Und bastelte in Gedanken bereits an einem derartigen Vertrag. Für die Lena.

„Keine Chance", sagte sie grinsend mitten in meine Gedanken hinein.

„Was meinst du?“, fragte ich und setzte dabei meinen berühmt-berüchtigten unschuldigen Dackelblick auf.

„Das weißt du sehr genau.“

Offenbar musste ich meinen Dackelblick noch vervollkommnen. Vor allem aber jetzt hurtig 'nen Notausgang finden.

„Ach ... du meinst ... die Kripo! Die hat keine Chance. Gegen den Rollner.“

„Das meinte ich eigentlich nicht“, sagte Lena amüsiert. „Aber da du schon davon sprichst – doch, die Kripo hatte eine, glaubte zumindest, eine zu haben. Vor ein paar Monaten tauchten nämlich Gerüchte auf, dass Kunden der Begleitagentur unter Druck gesetzt oder gar erpresst würden. Leute, denen es beruflich oder auch gesellschaftlich sehr schaden könnte, würden ihre sexuellen Neigungen und Vorlieben der Öffentlichkeit bekannt. Doch konkret ließ sich nichts nachweisen, da niemand Anzeige erstattete. Und inzwischen sind selbst die Gerüchte wieder verstummt. Vielleicht ja war wirklich nichts dran. Aber ... Tja.“

„Woher weißt du das alles“, entfuhr es mir.

„Tut mir Leid, aber das darf ich nicht sagen. Musste es hoch und heilig versprechen.“ Und mit einem spöttischen Lächeln fügte sie hinzu: „Doch falls es dich beruhigt: Mein geheimnisvoller Informant ist kein *er*. Sondern eine *sie*.“

Ein heftiges Pochen an der Tür riss uns aus Lenas für mich beruhigenden Erklärungen. Ich erkannte den hochaufgeschossenen jungen Mann sogleich wieder. Selbst jetzt, ohne umgehängte Kameras.

XI.

„Der Didi ist kein Mörder", polterte Jochen Wörrisch sogleich los und vergaß in seiner Aufregung, die Tür hinter sich wieder zu schließen. „Wenn ich ihm irgendwie helfen kann, dann sagen Sie's, Mann! Braucht er 'n Alibi?"

„Ein solches wäre natürlich sehr nützlich", sagte ich neutral und lud den Besucher mit einer Handbewegung ein, Platz zu nehmen. „Und falls Sie was wissen über diesen Anrufer, dann . . ."

„Welchen Anrufer?", fiel er mir ins Wort.

„Das ist eben das Problem", stellte ich fest. „Ihr zwei habt euch in dieser Nacht leider zu früh getrennt. Und daher . . ."

Der Jochen Wörrisch gehörte zu jenen Leuten, die einen nicht aussprechen lassen. Wobei man ihm zugute halten musste, dass er sehr erregt war. Und unvernünftig.

„Och, wenn's bloß darum geht, haben wir uns halt eben nicht getrennt. So einfach! Sie erzählen mir jetzt, was ich wissen muss, sagen soll, und ich tu's. Auf der Stelle. Geh hin zu diesem Staatsanwalt oder wem immer und verpass' dem Didi das allerschönste Alibi, das man sich nur denken kann."

„Das funktioniert nur nicht", sagte ich und musste über seine Naivität lächeln.

„Warum soll's nicht funktionieren", fuhr er mich zornig an. „Als Pressefotograf muss man ordentlich auf Zack sein. Wie ich noch bei der Chronik war, zuständig für Mord und Totschlag – Sie, da hätten Sie mich erleben müssen . . ."

„Die nehmen euch getrennt zur Brust", fiel ich ihm ins Wort, „und wollen jede Einzelheit wissen. Worüber ihr zwei gesprochen habt. Und ob beispielsweise das Autoradio gelaufen ist. Und wenn ja – welcher Sender. *Ach, den Hessischen Rundfunk, sagen Sie?! Das ist aber interessant! Ihr Kollege im Zimmer nebenan behauptet nämlich, CDs gespielt zu haben. Die ganze Zeit über nichts als CDs. Sie können doch nicht behaupten, sich nicht daran zu erinnern! Noch dazu wo doch die eine CD . . . Ja??? Kehrt die Erinnerung langsam zurück? Was war mit dieser einen CD? Wie? Lauter, ich versteh' nichts. Richtig!!! Gewonnen!!! Hängen geblieben ist die. Sehr gut!* Und dann lächelt Sie dieser Typ, der Sie eben noch mit seinen Fragen gequält hat, ganz lieb an, klopft Ihnen beruhigend auf die Schulter. Und wie Sie eben aufatmen wollen, brüllt er plötzlich los: *Lügen, nichts als Lügen! Denn natürlich ist das Radio gelaufen, der Hessische Rundfunk, weil der Löhr ja unbedingt die Landesnachrichten hören wollte.* Und Sie werden unter diesem Gebrüll augenblicklich bis auf Daumengröße schrumpfen."

Sehr viel größer fühlte sich der Jochen Wörrisch im Moment auch nicht. Mein kleiner Vortrag zeigte sichtlich Wirkung.

„Aber ich kann den Didi doch nicht hängen lassen", murmelte er schließlich recht hilflos.

„Hat er Feinde? Irgendwelche Szene-Menschen zum Beispiel, über die er in seiner Kolumne vielleicht hergezogen ist."

Jochen Wörrisch schüttelte den Kopf. „Erstens hat er, haben wir keine eigene Kolumne. Rennt alles unter dem Namen vom Spontek. Und zweitens: Einem Promi ist es im Grunde schnurzegal, was über ihn geschrieben wird. Wichtig nur, dass über ihn geschrieben wird. Natürlich gibt's welche, die sauer sind, weil sie zu selten vorkommen. Oder gar nicht. Aber wer wie oft und ob überhaupt erwähnt wird, entscheidet nicht der Löhr. Sondern der Spontek. Er allein. Und das weiß man in der Szene."

„Wer ist dieser Spontek?"

Wörrisch starrte mich an wie ein Wesen von

einem anderen Stern. „Sie kennen Ihn nicht, haben noch nie von ihm gehört?"

„Nein. Tut mir Leid."

Der Jochen Wörrisch fasste es zwar offenbar nicht, wie ein Mensch ohne Nachrichten aus der Szene überhaupt existieren konnte, ließ sich aber dann doch zu einer Erklärung herab. „Der Spontek ist unser Chef. Der *Mann mit den heißesten News* – die freilich wir beide ihm liefern. Wir dürfen uns Abend für Abend bis spät in die Nacht hinein abrackern, den Promis in den Arsch kriechen. Während er gemütlich auf seinem eigenen hockt, unsere Storys nimmt und nichts anderes tut, als seinen Namen drüber zu knallen. Er ist der große Zampano, heimst den Ruhm ein und casht obendrein Länge mal Breite ab, während wir mit 'nem Hungerlohn abgespeist werden. So ist's und nicht anders."

„Wie Sie's mir erzählen, klingt das nicht eben danach, als ob der Job vom Löhr einer wär', um den man sich reißen müsste", sagte ich.

„Da liegen Sie richtig", knurrte er.

„Und wie geht's jetzt mit Ihnen weiter? Ohne den Löhr."

Der Jochen Wörrisch zuckte mit den Achseln. „Weiß nicht. Muss erst mit dem Spontek reden."

Exakt dieses hatte ich ebenfalls vor.

XII.

Zum großen Zampano vorzudringen war gar nicht so einfach. Zunächst schlug mir die Bierfahne des Portiers ins Gesicht, der sich alles dreimal erklären ließ, dann in steiler Handschrift meinen Namen notierte und schließlich zum Telefon griff. „Da ist so'n merkwürdiger Typ, der will reden wegen dem Löhr . . . Nein, nicht von der Polizei. Oder doch?"

Er blickte mich stirnrunzelnd an. Worauf ich ihm zum vierten Mal erklärte, dass ich Privatdetektiv sei – „so wie der Josef Matula in der Fernseh-Serie *Fall für zwei*".

Jetzt nickte er geradezu freudig, hatte endlich alles kapiert. Und sagte ins Telefon: „Nein. Kein Bulle. Einer vom Fernsehen. Und ein Zweiter kommt irgendwann auch noch nach."

Immerhin geleitete er mich nun zum Aufzug und ließ es sich nicht einmal nehmen, persönlich auf das Knöpfchen für den 3. Stock zu drücken.

Es war sogar der richtige. Denn als sich die Lifttür wieder öffnete, wurde ich bereits von einer großen, knöchrigen Frau um die 35 erwartet, die höchst bieder gekleidet war und eine extra hässliche Hornbrille auf der Nase sitzen hatte. Sie stellte sich sehr schroff als

Sponteks Sekretärin vor, sagte, dass er zu keiner Stellungnahme bereit sei. Ich klärte den Irrtum auf, und sie wurde gleich viel freundlicher. Entschuldigte sich für den Portier, der erstens ein Fall für sich und zweitens der Neffe eines wichtigen Anzeigenkunden sei; führte mich in ihr winziges Büro, sagte, ich solle mich für einen Moment gedulden; und verschwand hinter einer gepolsterten Tür.

Nach einiger Zeit ging die Polstertür wieder auf. „Der Herr Spontek lässt bitten."

Ich betrat mit dem nötigen Anstand das Allerheiligste, sagte „guten Tag" zu der Qualle, die zigarrenrauchend hinter einem riesigen Schreibtisch hockte und wohl der große Zampano sein musste.

Spontek nahm mich nicht zur Kenntnis, sondern fixierte grüblerisch irgendeinen Punkt an der Zimmerdecke. Obwohl ich nicht dazu eingeladen wurde, nahm ich auf einem Besuchersessel Platz.

Die Qualle reagierte erst bloß mit einem ärgerlichen Runzeln der Denkerstirn, die bis in den Nacken reichte, dann endlich richteten sich zwei Knopfaugen auf mich.

„'n Privatschnüffler also."

Weiß der Himmel, warum es allen so schwer fällt, das durchaus einfache Wort *Detektiv* über die Lippen zu bekommen. Aber ich wollte mich jetzt nicht auf sinnlose Diskussionen einlassen. Nickte also bloß.

„Wer bezahlt Sie?“

„Der Dietmar Löhr“, sagte ich. Und fügte in Gedanken ein seufzendes *Hoffentlich* hinzu. Denn im Durcheinander der Ereignisse hatten wir diesen sehr wichtigen Punkt noch gar nicht näher erörtert. Mussten wir nachholen.

Die Qualle spitzte die rosigen Lippen, um zunächst ein paar ganz prächtige Rauchkringel auszustoßen, diesen ein spöttisches „Womit will er denn zahlen?“ folgen zu lassen und sich schließlich mit einem glucksenden Lachen selbst die Antwort zu geben: „Na klar! Mit selbst geklebten Papiertüten! In dieser Kunst wird er ja bald Meister sein.“

Ich fand diesen Scherz gar nicht lustig. Sagte deshalb ziemlich scharf: „Erstens werden heutzutage im Knast keine Tüten mehr geklebt. Und zweitens hoffe ich, den Löhr dort sehr schnell wieder loseisen zu können.“

Er war offensichtlich leicht zu erheitern, der Spontek. Denn schon grinste er wieder. „Wie wollen Sie denn das schaffen – he?!“

„Unter anderem: mit Hilfe des *Nacht-Express*. Nehme doch an, dass sich das Blatt für seinen Mitarbeiter entsprechend einsetzen wird – bei all den Ungereimtheiten, die ...“

„Den Teufel werden wir tun", fiel mir Spontek zornig ins Wort.

„Sie wollen den Löhr also tatsächlich fallen lassen wie 'ne heiße Kartoffel?"

„Exakt", sagte er. „Oder glauben Sie, irgendwer in diesem Haus, vom Herausgeber angefangen, will sich wegen dieser Kreatur die Finger verbrennen. Falls es Sie interessiert: Die Kündigung ist bereits ausgesprochen."

„Schon mal was von *Unschuldsvermutung* gehört?", fragte ich sanft.

„Weibergewäsch", pfauchte mich Spontek an und wuchtete seinen massigen Körper aus dem Sessel, bewegte ihn Richtung Tür, riss sie auf. „Und jetzt raus mit Ihnen! Ich habe zu tun."

Ich erhob mich betont langsam, blieb auf halbem Weg stehen, blickte Spontek nachdenklich an. „Warum sind Sie eigentlich gar so froh, den Löhr loszuwerden?"

Doch er ignorierte mich einfach, wandte sich an seine Sekretärin. „Helga! Begleiten Sie diesen Herrn da hinunter, bis vors Haus, ja?! Damit er sich nicht etwa gar in unseren langen Gängen verirrt und noch andere Leute belästigt."

Miss Hornbrille nickte mit strengem Blick.

XIII.

Und so standen wir dann vor dem Aufzug, mein Begleitschutz und ich, warteten auf die Kabine.

„Richtig nett, Ihr Boss“, sagte ich. „Und so besorgt um mein Wohl!“

Sie blieb stumm, starrte vor sich hin. Also keine Konversation. Auch gut.

Die Lifttür ging auf, der Jochen Wörrisch trat heraus, schaute mich einigermaßen verwundert an. Doch ehe er noch fragen konnte, was ich hier suche, riet ihm Miss Hornbrille, sich zu sputen – „der Chef wartet bereits auf dich“. Und drängte mich in die Kabine.

Gottergeben wollte ich auf das Knöpfchen fürs Erdgeschoss drücken, doch ihr Finger war schneller. Drückte ein anderes Knöpfchen, das uns nicht ab-, sondern aufwärts führte. Zwei Stockwerke höher. Dort zerrte sie mich dann eilig zu 'ner Tür, sperrte auf. Es war eine enge Besenkammer, in der wir hier landeten.

Ich bekam einen 500-Mark-Schein in die Hand gedrückt. „Für den Didi. Er wird's brauchen. Wenn ich sonst was für ihn tun kann . . .“

„Im Moment fällt mir nichts ein“, sagte ich, ein wenig verwirrt. „Nur wüsste ich doch gerne, warum jeder Bettelmönch 'n Krösus gegen ihn zu sein scheint. Sooo schlecht wird der

Löhr doch auch wieder nicht verdient haben – oder?“

Sie zögerte mit einer Antwort, sagte dann seufzend: „Sein ganzes Geld ging fürs Kokain drauf. Die viele Arbeit, der wenige Schlaf . . .“

„Woher bezog er das Zeugs?“

„Keine Ahnung.“

„Auf jeden Fall werd' ich ihn ganz lieb von Ihnen grüßen lassen. Helga – richtig?“

Sie nickte, schüttelte aber gleich den Kopf. „Er muss nicht wissen, vom wem das Geld ist. Sagen Sie einfach, es wurde gesammelt. Unter den Kollegen.“

„Hat er denn hier in der Redaktion überhaupt Freunde – außer Ihnen und dem Wörrisch?“

„Er war nicht unbeliebt“, antwortete sie ausweichend. „Jetzt natürlich ist er bei allen unten durch. So was geht schnell. Verdammt schnell.“

„Speziell beim Spontek.“

„Kein Wunder“, sagte sie bitter. „Der jubelt natürlich. Und wie!“

„Weshalb?“

Wieder zögerte sie kurz, um dann doch zu antworten. „Nun, es kursieren so Gerüchte, dass von Herausgeberseite Sparmaßnahmen geplant seien. Und dass eine dieser Einsparungen meinen Boss betreffen könnte.“

„Falls es einen geeigneten Nachfolger gibt. Doch der ist jetzt weg vom Fenster.“

Sie nickte. „So, aber ich muss jetzt wirklich wieder . . ." Sprach's, steckte den Kopf zur Tür hinaus, um sich zu vergewissern, ob die Luft rein ist. Und winkte mir ihr zu folgen. „Sie nehmen den Lift, ich die Treppe."

„Wird gemacht", versprach ich. „Und – danke!"

„Wofür? Die 500 Mark sind wirklich nicht der Rede wert."

„Doch", sagte ich und betrat die Liftkabine. „Vor allem aber könnte es durchaus sein, dass Sie den Löhr eben vor vielen Jahren Knast bewahrt haben."

Sie starrte mich höchst verwundert an, schüttelte dann traurig den Kopf. „Der bleibt ihm nicht erspart. Und wenn ich an das arme tote Mädel denke – zu Recht."

Jetzt war ich an der Reihe, verwundert dreinzuschauen. „Sind sie wirklich davon überzeugt, dass er's war?"

„Ja", sagte sie bitter. „Das bin ich. Muss es auch sein. So Leid's mir tut."

„Aber woher wollen Sie denn wissen . . ."

Zu mehr kam ich nicht, da in diesem Moment die Lifttür automatisch zuging. Ich streckte zwar sogleich meine Hand hinaus, um den Mechanismus zu stoppen. Aber irgendwie funktionierte das nicht. Die verdammte Schiebetür klemmte meinen Arm ein, gab ihn kurz frei, um gleich neuerlich zuzuschnappen wie ein hungriger, freilich zahnloser Hai. Als sich das Ding plötzlich dann doch wieder öffnete, wie von Geisterhand, war die Helga bereits verschwunden, hörte ich nur mehr ihre Schuhe die Treppe hinunterklappern.

Zornig drückte ich auf den Knopf fürs Erdgeschoss. Meine Stimmung hatte mir was voraus: Die war bereits im Keller.

XIV.

Meine Gedanken kreisten um die Helga, die ein weiches, weites Herz hatte. Speziell für den Löhr. Und dennoch von seiner Schuld überzeugt war. So felsenfest, dass ihr gar nicht die Idee kam, der Spontek könnte der böse Bube sein. Obwohl der aus Sorge um seinen Sessel wohl zu allem fähig wäre, um sich den Löhr vom Hals zu schaffen.

Während der Löhr ausgerechnet zu einem Zeitpunkt, wo ihm möglicherweise ein Karrieresprung bevorstand, doch alle Gründe dieser Welt hätte, sich nicht auch nur das Geringste zuschulden kommen zu lassen. Schon gar keinen Mord an 'ner . . . also an der Kerstin.

Dieser kleine geistige Verhaspler, der mir da fast unterlaufen wäre und für den ich mich auch sehr schämte, rief sogleich die Lena in mein Gedächtnis zurück. Und ihren Rat, mich mehr auf das eigentliche Opfer zu konzentrieren. Und das war nunmal die Kerstin.

Vielleicht gar kein schlechter Tipp. Und vor allem . . . Genau! Wie hatte der Rollner gesagt? *Wenn Ihnen mal danach ist – ein Anruf genügt!*

Ja, jetzt war mir danach. Bloß: wohin bestellen? Zu mir nach Hause? Nee, das ging nicht. Mein Büro kam noch weniger in Frage. Also: ein Hotel. Mit 'nem Mann am Empfang, der nicht lange fragt. Und auch keine allzu hohen Forderungen stellt, was das Finanzielle betrifft.

Das Hotel, das ich schließlich fand, hatte zwar keine fünf Sterne, reichte jedoch für den Zweck. Der Mann hinterm Empfang war äußerst kooperativ.

Ein Scheinchen wechselte den Besitzer.

„Und welcher Name darf's diesmal sein?"

„Sterzig", sagte ich, weil mir grad kein besserer einfiel.

„Herzig", grinste der Portier, der 'n Blitzdichter war. Und hielt nochmals die Hand auf.

„Für 'n Reim?", fragte ich.

„Nee. Der war gratis. Aber alles wird teurer. Und seit diesem Nuttenmord . . .

„Ja, ja", sagte ich schnell. Und trennte mich schweren Herzens von einem zweiten Schein.

Er aber hielt weiter die Hand auf.

„Jetzt übertreib's nur nicht!"

„Fürs Zimmer!", grinste er.

Ach ja, natürlich. Hätte ich fast vergessen, dass dieses natürlich ebenfalls nicht gratis war. Ganz im Gegenteil. Dafür war's fast der Luxus pur – mit eigenem Badezimmer! Ein ordentliches Vollbad war jetzt genau das Richtige für mich. Zuvor freilich hatte ich noch was zu erledigen.

Also klemmte ich mich ans Telefon, wählte. Und hoffte inständig, dass nicht *sie* sich meldet. Sondern eine andere Bürodienst hat.

„Begleitagentur Pretty Baby – hallooo!"

Geiles Stimmchen. Aber nicht ihres. Fein.

„Schönen Tag", sagte ich, bemüht, meine Stimme auf älter zu trimmen. „Bin auf der Durchreise und würd' mal gern wissen, was ihr so zu bieten habt."

„Nun, da wäre als Erstes die Tanja. Echt blond, traumhafte Figur . . ."

„Blondinen mag ich weniger", unterbrach ich das routinierte Gequassel. „Aber 'ne Rothaarige wäre der absolute Wahnsinn. Eine schlanke Rothaarige – darauf stünd' ich's mir besonders."

„Kein Problem", ertönte es aus der Leitung. „Die Conny! Auf die passt das alles."

„Na wunderbar! Und wann kann diese Prinzessin bei mir sein?"

„In einer Stunde."
„Einverstanden!"
Exakt so, wie's der Klaus Rollner geschildert hatte, musste ich nun meinen Namen nennen, das Hotel und die Telefonnummer.
„Wir rufen gleich zurück."
Dies geschah nach etwa drei Minuten. Das Mägdelein am anderen Ende der Leitung wünschte mir noch „viel Spaß". Das war's auch schon. Ich legte den Hörer auf die Gabel und mich in die Badewanne.

XV.

Der Herr Rollner schien großen Wert auf Pünktlichkeit seines Personals zu legen. Denn wirklich nach genau einer Stunde hörte ich ein Pochen an der Tür.
„Nur herein!", rief ich.
Durch den Spalt der angelehnten Badezimmertür sah ich die Conny den Raum betreten. Sie trug jetzt keine Jeans, sondern ein kurzes Kleidchen, das ihr sehr gut stand.
„Bin im Bad und gleich bei Ihnen. Machen Sie sich's inzwischen bequem."
Das war leichter gesagt als getan. Denn im Grunde standen nur zwei Holzsessel zur Verfügung. Und eben das Bett.

Welche Wahl würde die Conny treffen? Gleich aus den Klamotten schlüpfen und dann nichts wie ab unter die Decke?

Nein. Natürlich nicht. Sie war ja keine 50-Mark-Nutte, ließ sich daher auf einem der Sessel nieder und schlug elegant ihre Beine übereinander.

„Stört's, wenn ich rauche?"

„Nicht die Spur!", sagte ich und trat ins Zimmer.

Im ersten Moment starrte sie mich sehr verblüfft an. Hatte vieles für möglich gehalten. Bloß mit mir hatte sie nun wirklich nicht gerechnet.

Ihrer Verblüffung folgte Zorn. Durchaus berechtigter Zorn. „He, was haben Sie hier zu suchen?!", rief die Conny und sprang von ihrem Sessel hoch. „Ich hab' hier 'ne Verabredung mit 'nem Kunden und . . ."

„Ich weiß", sagte ich und versuchte mit einem ganz lieben Lächeln ihre Wut zu mildern. „Mit dem Herrn Sterzig. Doch der ist leider verhindert. Tja, und so dachte ich . . ."

„Das hätten Sie besser bleiben lassen sollen, das Denken", sagte sie und zog eine Taxirechnung hervor. „Hier! Diese 44 Mark, 'ne Rückfahrt inklusive, sind zu zahlen. Ehe ich hier schleunigst wieder verdufte. Danach können sie meinetwegen denken, so viel sie wollen."

Gehorsam griff ich in meine Brieftasche, holte gleich mehrere Scheinchen hervor, darunter auch einen Fünfziger, hielt ihr diesen hin und sagte schlicht: „Ein Vorschlag zur Güte: Sie rufen in der Agentur an, sagen, dass dieser Sterzig ein netter, wenn auch schon älterer Herr sei und gleich für zwei Stunden zahle. Weil eine wohl nicht reichen werde. Wir plaudern dann ein oder zwei Zigaretten lang, und schon sind Sie mich wieder los."

„Plaudern – worüber? Ich hab' bereits alles erzählt, was ich über die Kerstin weiß."

„Nicht ganz", sagte ich. „Denn bei dem einen Punkt, ihrer merkwürdigen Neugier, sind wir damals unterbrochen worden".

Sie schüttelte missmutig den Kopf. „Ich sehe keinen Sinn darin. Die Kerstin ist tot, der Mörder in Haft . . . Also – was soll's?!"

„War's der Löhr? War er's wirklich? Ehrlich gesagt: Ich weiß es nicht. Bitte, Conny, sagen Sie ja! Natürlich war es nicht in Ordnung, Sie hierher zu locken. Verstehe durchaus, dass Sie mir bös sind deswegen. Nur – blieb mir eine andere Wahl?"

Als geknickter, reuhmütiger Sünder bin ich unübertroffen. Und auch diesmal zeigte meine Darstellungskunst Wirkung.

„Hab' ich das richtig verstanden – zwei Stunden zahlen für 'ne kurze Ausfragerei?"

Ich nickte. Und sie ging zum Telefon.

XVI.

Natürlich dauerte unser Gespräch dann ein wenig länger, sogar um einiges länger als die versprochenen zwei Zigarettenlängen. Doch das war nicht meine Schuld. Denn die Conny hatte viel zu erzählen. Nicht so sehr über die Kerstin. Sondern über das Objekt deren Neugier – die Tamara Kohlries.

Eben erst 18 geworden, war die Tamara vor eineinhalb Jahren in Klaus Rollners Mädchenpensionat eingetreten, um auf die Schnelle mächtig Kohle zu machen. Die körperlichen Voraussetzungen dafür brachte sie mit. Und auch den eisernen Willen, ihr Ziel zu erreichen: Spätestens zu ihrem 21. Geburtstag wieder auszusteigen und dabei so viel auf der hohen Kante zu haben, um 'ne kleine Boutique oder so was in der Art eröffnen zu können. Ihr großer Traum war es, sich eines Tages auf einer Insel niederzulassen, das Leben unter Palmen zu genießen.

„Mit 18 hatte ich dieselben hochfliegenden Pläne wie sie“, sagte die Conny. „Was daraus geworden ist – nun ja . . . Aber die Tamara hatte eine solche wilde Entschlossenheit in den Augen, dass ich mir dachte: Ja, vielleicht schaffst du's sogar. Wenigstens du.“

Die Tamara war, laut Conny, hart im Nehmen, gönnte sich keine Ruhepause. Nur mal zwischendurch 'nen kleinen Schluck zur Stärkung. Oder auch 'nen größeren, je nach Lage der Dinge. Das Leergut war dann die Flaschenpost für die Insel: Ich komme!

Der Alkohol half der Tamara über einiges hinweg, trug ihr jedoch auch gewisse Probleme ein. Probleme mit Kunden. Und der Herr Rollner reagierte sehr zornig, als sich einer bitter über die Tamara beschwerte, weil sie ihm das Bett vollgekotzt hatte. Über manches andere hatte er in seiner unsagbaren Großmut und angesichts ihrer wahrlich erstaunlichen Arbeitsleistung ja noch hinweggesehen – aber was zu weit ging, ging zu weit. Zur Strafe behielt er Tamaras gesamten Tageslohn ein. Und so war die Insel wieder ein Stück ferner gerückt, falls sie nicht gar im Alkoholnebel zu versinken drohte.

Die Tamara verzichtete von da an auf jeden Tropfen Alkohol. Sie zog sich auch von der Conny zurück, mit der sie in den ersten Monaten dauernd zusammengesteckt war, um sich ihren Kummer von der Seele zu reden. Und über die Insel. Ihre Insel.

„Sie ging mir regelrecht aus dem Weg, wollte nicht mal am Telefon mit mir sprechen. Monate später, Anfang Februar war's, da hab' ich die Tamara zum letzten Mal gesehen. Musste mit 'nem Kunden verreisen, bin ihr zufällig auf der

Bahnhofstoilette begegnet. Und fürchterlich erschrocken. Schlank war sie ja immer schon, aber nun bestand sie ja nur mehr aus Haut und Knochen. Ganz blass im Gesicht – und weiß unter der Nase."

„Kokain?"

„Mehl wird's wohl keins gewesen sein."

„Wer hat's ihr gegeben? Der Rollner?"

Die Conny schüttelte ihren Kopf. „Er sicher nicht. Drogen sind dem ein Dorn im Auge. Normalerweise fliegt eine sofort raus, wenn er draufkommt, dass sie was nimmt."

„Und warum nicht die Tamara. Wenn eine plötzlich derart abmagert – allein das muss ihn doch zumindest stutzig gemacht haben."

„Och, er wusste es garantiert. Aber . . ."

Die Conny verstummte plötzlich, biss ihre Zähne zusammen, schüttelte den Kopf, wandte ihr Gesicht ab von mir. Ich fasste vorsichtig nach ihrer Hand, drückte sie.

„Ich hab' schon mitgekriegt, dass du sie sehr gern gehabt hast, die Tamara. Und ich kann mir durchaus vorstellen, dass dir das sehr wehtut, darüber zu reden. Hast mir schon viel mehr erzählt, als du eigentlich wolltest. Und ich bin dir unheimlich dankbar dafür, ehrlich. Für dein Vertrauen und alles. Aber sag mir jetzt auch das noch. Bitte!"

Ich bin ein großer Schauspieler. Wenn's sein

muss. Aber das hier war nicht gespielt. Nein. Jedes einzelne Wort war genau so gemeint, wie ich's sagte, und mir bitter ernst.

Und sie muss das gespürt haben, die Conny. Denn plötzlich ging ein Ruck durch ihren zarten Körper, und sie wischte sich mit dem Handrücken über die Nase, schluckte und sagte dann mit tonloser Stimme: „Wir haben so 'ne Art ‚Schwarze Liste' von bestimmten Männern, bei denen es uns der Rollner ausdrücklich freistellt, ob wir die aufsuchen oder nicht. Speziell perverse oder besonders unappetitliche Typen, die's aber immer wieder probieren, immer wieder anrufen. Natürlich findet sich keine, die diese Aufträge annimmt. Nur die Tamara. Die nahm sogar das auf sich. Am Schluss. Als sie normale Kunden gar nicht mehr kriegen konnte. Und daher jede müde Mark brauchte wie 'nen Bissen Brot."

„Und wohl noch immer glaubte, diese Insel zu erreichen", fügte ich hinzu.

„Nein", sagte die Conny. „Schon bei unserer letzten Begegnung sprach sie kein Wort mehr von dieser verdammten Insel. Einige Tage später war sie dann plötzlich verschwunden. Niemand hat jemals wieder irgendwas von ihr gehört. Kein Lebenszeichen, nichts."

„Vielleicht ist sie abgehauen, ins Ausland", sagte ich.

„Wie denn?! Ohne Geld, ohne allem. Ja, die Polizei gab sich damit durchaus zufrieden. Doch denen war's im Grunde ja schnurzegal, was aus der Tamara geworden ist. Nur keine unnötigen Anstrengungen wegen 'ner verschwundenen vergammelten Nutte. Wen interessiert die schon ..."

„Außer – die Kerstin!"

„Ja", sagte die Conny. „Die hat uns ganz schön genervt mit ihren Fragen – den Rollner, die anderen Mädels. Und mich. Warum willst du das eigentlich alles wissen, hab' ich sie gefragt. *Och, nur so,* hat sie gesagt. *Hab' zufällig davon erfahren, und weil diese Tamara ja auch aus Dresden stammt, so wie ich, interessiert's mich halt, was aus ihr geworden ist ...* Alles Quatsch! Die zwei müssen einander gekannt haben. Sehr gut sogar. Da bin ich mir ganz sicher."

„Könnte der Rollner was mit dem Verschwinden der Tamara zu tun gehabt haben?"

„Glaub' ich nicht", schüttelte die Conny müde den Kopf. „Sie hat ihm ja immer noch Geld gebracht. Nicht viel, aber trotzdem. Und wenn sie ihm allzu sehr auf den Keks gegangen wäre, hätte er sie ja bloß wegschicken müssen. Keine Aufträge mehr – und aus. So einfach."

Gar nicht einfach war's, ein allerletztes Thema anzuschneiden. Aber auch dies konnte ich der Conny nicht ersparen, so Leid's mir auch tat.

„Die Tamara ist also vor rund einem halben Jahr verschwunden – richtig?"

„Ja. Mitte Februar."

„Gab's nicht ungefähr zu dieser Zeit auch irgendwelche komischen Gerüchte rund um die Agentur . . .?"

„Ich weiß, worauf du anspielst", sagte Conny, und plötzlicher Zorn weckte sogleich wieder ihre Lebensgeister. „Aber glaub mir: totaler Bockmist! Der Rollner ist beileibe kein Unschuldslamm. Aber auch kein Idiot. Die Agentur floriert, bringt ihm 'ne Menge Kohle ein. Hältst du's ernsthaft für möglich, er setzt das alles mit schwachsinniger Erpressung aufs Spiel?"

„Ich hab' ja bloß gefragt", wandte ich rasch ein.

„Klar!", ereiferte sie sich. „Ganz harmlos. Und ungeheuer rücksichtsvoll. Hättest ja auch gleich sagen können: *Los, Conny, verrat doch mal – was hat der Rollner euch Mädels dafür bezahlt, dass ihr für ihn spioniert?* Wäre auf dasselbe hinausgelaufen . . . He! Warum grinst du plötzlich so blöd?!"

„Ich grinse nicht blöd", korrigierte ich die Conny, „sondern freu' mich einfach darüber, dass du jetzt wieder die Alte bist. Conny, die Kämpferin!"

„'ne müde Kämpferin", sagte sie mit einem kleinen Seufzer.

„Kann ich mir vorstellen, nach all meiner Fragerei. Hat ohnedies viel länger gedauert als gedacht. Tut mir Leid. Und nochmals: danke! Also los, komm, ich bring dich hinunter."

Ich erhob mich, um zur Tür zu gehen, doch sie machte keine Anstalten, mir zu folgen. Sondern schlüpfte aus ihren Schuhen, überlegte einen Moment, zog dann rasch auch noch ihren Slip aus und kroch wieselflink unter die Decke.

„Es stört dich doch nicht, oder?"

„Natürlich nicht", murmelte ich einigermaßen verlegen. „Nur, falls du mich zuvor falsch verstanden haben solltest: Du bist zu nichts verpflichtet. Das Geld war bloß . . ."

Schmunzelnd fiel sie mir ins Wort: „Ich weiß: fürs plaudern. Was das Geschäftliche betrifft, bin ich immer ganz Ohr. Aber dieses Bett da war plötzlich so verlockend. Nur kurz ausruhen, ja?! Bin nämlich wirklich ganz schön geschafft."

„Klar doch", grinste ich. „Schlaf einfach 'ne Runde. Ich geh' inzwischen runter an die Bar, ein Bierchen trinken . . ."

Doch wieder schaffte ich's nicht bis zur Tür.

„Du, ähh . . . Wie heißt du eigentlich?"

„Stein."

„Mit Vornamen, meine ich."

„Auch Stein."
„Unsinn!"
„Gar kein Unsinn."
„Aber ich kann dich doch nicht *Stein* rufen."
„Wieso nicht?! Alle tun das."
Ein neuerlicher Anlauf, die Tür zu erreichen, scheiterte.
„Du . . . Stein!"
„Was ist denn jetzt schon wieder?"
„Nichts!"
„Los, sag schon . . ."
„Nein. Ich komm' mir blöd vor".
Mit einem kleinen, aber durchaus freundlich gemeinten Seufzer setzte ich mich auf den Bettrand, kniff zährtlich ihre Wange. „Was denn? Soll ich dir ein Schlummerliedchen singen?"
„Schlimmer", sagte sie mit einem zaghaften Lächeln. „Aber ich hätte halt gern was . . . zum Kuscheln. Ich lieg' zwar ständig mit Männern im Bett rum, aber so richtig gekuschelt – tja, das hab' ich schon lang nicht mehr. Und wenn's nicht zu viel verlangt ist . . ."
Also bin ich zu ihr ins Bett gekrochen. Die Conny hat's genossen, dieses Kuscheln, hat sich richtig rangeschmiegt an mich. Und ich hab's genossen, dass sie es genießt. Und irgendwann – sind wir dann eingeschlafen. Eng umschlungen.

XVII.

Und, immer noch eng umschlungen, sind wir auch wieder aufgewacht. Durchs Schrillen des Telefons. Ich griff zum Hörer, hätte mich um ein Haar mit *Stein* gemeldet, kriegte ein *St-erzig* gerade noch hin.

„Ja, natürlich ist die da! Moment!"

Ich drückte der Conny den Hörer in die Hand.

„Nein, nein, alles okay", murmelte sie noch ein wenig schlaftrunken in die Sprechmuschel. „Bin nur blöderweise eingeschlafen."

„Dieser Sterzig muss ja ein ganz feuriger Hengst sein, wenn du dabei einnickst", hörte ich jene Stimme höhnen, die bei meinem Anruf zuvor noch so nett geklungen hatte.

Die Conny zwinkerte mir freundlich zu und sagte: „Nun, er ist halt nicht mehr der Jüngste, musst du wissen. So an die 70, würde ich schätzen."

„85", krächzte ich. Und brachte damit Conny zum Kichern.

Die Telefonstimme kicherte nicht. „Fein, dass ihr zwei bester Stimmung seid. Ich mach' mir da Sorgen und . . ."

„Entschuldige, Bea", sagte die Conny schnell. „War 'n Fehler von mir, wird nicht wieder vorkommen."

„Sei nur froh, dass der Boss nicht da ist. Ich sag' ihm natürlich nichts."

„Bist 'n Schatz, Bea. Werd' mich revanchieren. Tschüss!"

Die Conny legte auf, sprang aus dem Bett und in ihr Gewand. Auch ich erhob mich und zog mich schnell an.

Draußen war's bereits finster geworden. Bei all dem Kuscheln hatte ich total auf den Manfred Kruse vergessen.

Kennen Sie nicht? Klar. Ist ja auch noch nicht vorgekommen. Konnte gar nicht vorkommen, da er in Dresden hockt. Und dort der gleichen Profession nachgeht wie ich.

Übrigens 'n echt sympathischer Typ, der Manfred. Vielleicht sogar noch netter als ich.

Kaum dass die Conny fort war, wählte ich seine Nummer. Wenn ich's auch lieber auf später verschoben hätte. Denn von einem Hotel aus mit Dresden zu telefonieren ist 'n teurer Spaß. Dementsprechend kurz fasste ich mich, erklärte dem Manfred in knappen Worten die Sachlage, gab ihm zwei Namen durch, bat ihn, sich so schnell wie möglich der Sache anzunehmen.

Er war ja wirklich ein netter Typ, der Manfred. Trotz all seiner Schwächen und Fehler. Also da könnte ich Ihnen Dinge erzählen über ihn . . .

XVIII.

Aber flott war er, der Manfred, keine Frage. Und ein Frühaufsteher obendrein. Denn am nächsten Morgen war's nicht der Wecker, der mich aus süßem Schlummer riss, sondern sein Telefonanruf.

„Kannst du um 11 Uhr 15 am Hauptbahnhof sein, Stein?"

„Können schon – aber warum?!"

„Da trifft die Mutter der beiden ein. Wäre nett, wenn du sie abholst."

„Welche Mutter von welchen beiden", fragte ich, noch nicht ganz munter.

„Von der Kerstin Beck und der Tamara Kohlries!"

„Ich versteh' noch immer nicht ganz . . ."

„Die zwei sind Schwestern! Ist das denn so schwer zu begreifen, Stein?"

„Schwestern???"

„Ja. Wenn zwei Mädels dieselbe Mutter haben und denselben Vater, nennt man das nämlich so."

„Verdammt, Manfred, ich weiß sehr wohl, was Schwestern sind! Muss diese Nachricht bloß erst mal verdauen."

„Dann tu's", sagte er. „Ach übrigens, weil du eben davon sprichst: Die Frau Kohlries wusste noch gar nichts vom Mord an der Kerstin. Bei 'ner toten Nutte finden es unsere lieben Freunde, die Bullen, offenbar nicht der Mühe wert nachzuforschen, ob's denn nicht vielleicht nahe Anverwandte gibt. Und so tanz' ich spätabends bei der Frau Kohlries an, frag' sie nach der verschollenen Tamara, will dann wissen, ob sie vielleicht rein zufällig auch 'ne gewisse Kerstin Beck kennt, die jetzt in Frankfurt erstochen wurde . . . War nicht sehr lustig, die Situation. Alles andere als das . . ."

Er verstummte. Und ich wusste auch nichts Passendes zu sagen.

„Bring ihr wenigstens Blumen mit, wenn du sie abholst, ja!"

„Werd' ich tun", versprach ich. Ihm zuliebe. Denn im Grunde konnte ich dieser Idee, mit irgend'nem Strauß blöd am Bahnsteig herumzustehen und ihn dann einer wildfremden, verheulten Frau in die Hand zu drücken, rein gar nichts abgewinnen.

Doch auch die Lena fand Manfreds Vorschlag gut. Und erklärte sich sofort bereit 'nen Strauß zu besorgen. „Irgendwelche speziellen Wünsche?"

„Keine Ahnung, was da passt", knurrte ich. „Schwarze Rosen vielleicht."

„Die gibt's nicht", sagte die Lena. Und machte sich auf die Socken.

Ich klemmte mich ans Telefon, rief den Dr.

Wegscheider an, Löhrs Anwalt, um ihn über die neueste Entwicklung zu informieren.

„Und was bedeutet das für meinen Mandanten?“, fragte er.

„Kann man im Moment noch schwer abschätzen. Unter Umständen sehr viel, vielleicht aber auch gar nichts. Wir müssen jetzt erst mal abwarten, was die Mutter zu erzählen hat. Übrigens: Sie trifft Viertel nach Elf am Hauptbahnhof ein. Falls Sie's irgendwie einrichten können . . .“

Dieser ehrenwerte Anwalt dachte allerdings keinen Moment daran, seine kostbare Zeit auf 'nem Bahnsteig zu verplempern. „Es reicht durchaus“, sagte er sehr von oben herab, „wenn Sie allein mit dieser Person sprechen und mir dann Bericht erstatten.“

Ja. *Person* hat er sie genannt, die Frau Kohlries, verächtlich wie nur was. Na klar doch: Eine Frau, deren beiden Töchter als Sex-Hostessen endeten, konnte natürlich selbst nichts heißen. So einfach.

Es war wohl wirklich besser, wenn ich der Frau Kohlries die Begegnung mit diesem ach so ehrenwerten Herrn Anwalt ersparte. Ehe ich das Gespräch mit ihm beendete, erwähnte ich noch so ganz nebenbei die 500 Mark, die mir für den Löhr übergeben worden waren. Und die ich immer noch in der Tasche trug. „Was soll ich damit tun?", fragte ich voller Unschuld.

„Am besten", sagte daraufhin der ehrenwerte Herr Anwalt emsig, „wir teilen uns die gleich mal. Mach' mir ohnedies bereits Sorgen um mein Honorar. Schwer verschuldet, dieser Löhr. Also: Meine Kontonummer lautet . . ."

„Tschüss", sagte ich. Und legte auf.

XIX.

Langsam wurde es Zeit, mich mit dem Blumenstrauß, den die Lena angeschleppt hatte, auf den Weg zu machen. Nach einem letzten kläglich gescheiterten Versuch, die Lena zu überreden, mich zu begleiten, wollte ich eben losziehen, da ging die Tür auf. Und hereinspaziert kam der Klaus Rollner samt weiblicher Begleitung.

„Für mich?", grinste er und meinte damit den Blumenstrauß in meiner Hand.

„Nein", sagte ich. Für die Mutter von der Kerstin. Und von der Tamara."

Er schaute mich einigermaßen blöd an. „Welche – Tamara?"

„Tamara Kohlries! Sie werden sich doch wohl noch an sie erinnern!"

„Ach die!", sagte er wie einer, der lieber nicht

erinnert werden wollte. Um dann gleich wieder zu grinsen: „Aber *ein* Strauß für zwei Mütter ist schon 'n wenig mickrig, oder?!"

„Es gibt nur die eine", sagte ich und blickte ihm dabei scharf in die Augen. „Die Kerstin und die Tamara waren Schwestern!"

So blöd, wie er jetzt glotzte, musste das tatsächlich 'ne Neuigkeit für ihn sein. Denn allzu große schauspielerische Fähigkeiten traute ich ihm nicht zu. Wobei: Gerade da kann man sich verdammt täuschen.

„Schwestern???"

„Schwestern!"

„Ach, darum ...!" ließ sich ein Zwitscher-Stimmchen hören, das Rollners Anhang gehörte.

„Was – darum?", wandte ich mich blitzartig dem Mädchen zu.

„Nichts ...", antwortete der Rollner an ihrer Stelle rasch und warf der Vorlauten einen bösen Blick zu.

„Oh doch!", sagte ich gewichtig. „Das war der Grund, warum die Kerstin unbedingt herausfinden wollte, was aus der Tamara geworden ist."

„Was schon", knurrte der Klaus Rollner verächtlich. „In irgend 'nem letztklassigen Puff wird sie gelandet sein. Dort, wo sie auch hingehört. Viel zu lange hab' ich Geduld mit der gehabt. Viel zu lange ..."

„Und als Ihnen die Geduld riss – was war da?“, ertönte Lenas Stimme aus dem Hintergrund, sehr schneidend und sehr höhnisch.

Rollner wirbelte zu ihr herum, hatte sie bisher noch gar nicht bemerkt: „He, ich lass' mir da nichts . . .“

Er verstummte gleich wieder, grinste erst sie an, dann mich: „Auch kein Kostverächter, wie?!“

„Das ist meine Assistentin“, sagte ich, so ruhig wie möglich. „Und sie hat Ihnen 'ne verdammt gute Frage gestellt, auf deren Beantwortung wir beide mit Interesse warten.“

Noch gespannter war ich freilich, wie mein Büro aussehen würde, und ich – nach seinem Wutausbruch, der nun, ganz logisch, folgen musste.

Doch nein. Kein Wutausbruch. Ganz im Gegenteil. Rollner schüttelte bloß seinen Kopf. „Sie haben keine Manieren, Stein. Kaum dass die Sabine hier wieder in Frankfurt ist, schnapp' ich sie mir schon, fast noch bettwarm von ihrem letzten Kunden, düse sogleich her zu Ihnen. Und wie empfangen Sie uns? Mit Vorwürfen und Unterstellungen! Dabei waren Sie's doch, der unbedingt wissen wollte, ob der Löhr ausgerechnet die Kerstin verlangt hat. Los, Sabinchen, erzähl schnell diesem unfreundlichen Herrn und seiner *Assistentin,* wie das damals war. Damit wir dann gleich wieder abzischen können von hier, wo uns keiner mag."

Und gehorsam legte das Sabinchen mit seiner Zwitscherstimme los, wie aufgezogen: „Also zuerst hat die Kerstin angerufen, am Abend, in der Agentur. Hat gesagt, dass es ihr nicht gut geht, dass sie Kopfweh hat. Und dass ich ihr keinen vermitteln soll. Außer einen gewissen Löhr. Den schon. Sonst aber niemanden."

„Solche Absprachen unter den Mädels schätze ich ja gar nicht", mischte sich Rollner ein. „Sind eigentlich streng verboten, stimmt's?" Und nachdem das Sabinchen schuldbewusst genickt hatte, sagte er noch: „Man sieht ja, was dabei herauskommt. Aber jetzt erzähl fertig!"

„Na ja, und so zwei oder drei Stunden später hat dann wirklich der Löhr angerufen und nach der Kerstin gefragt. Und ich hab' zurückgerufen bei dem, und weil alles in Ordnung schien, hab' ich die Kerstin hingeschickt."

Sabinchens Mund klappte wieder zu, Sabinchens Augen blickten Rollner fragend an. Der nickte zufrieden und wandte sich an mich. „Alle Unklarheiten beseitigt?"

Statt ihm gleich zu antworten, griff ich als Erstes in unsere Kaffeekasse, holte 'ne Mark heraus, drückte sie dem Sabinchen ins schweißnasse Händchen – „fürs hübsche Aufsagen!“ Dann ließ ich Rollner noch wissen, dass ich kein einziges Wort von alldem glaube, und war auch schon zur Tür draußen, noch ehe er antworten konnte.

Denn jetzt hatte ich's tatsächlich eilig. Es war sogar höchste Eisenbahn, wollte ich rechtzeitig am Bahnhof sein.

Unter normalen Umständen hätte ich's – vielleicht – knapp noch geschafft. Doch was ist schon normal in einer Stadt wie Frankfurt. Jedenfalls blieb ich ganz fürchterlich im Verkehr stecken. Und meine allerletzte Hoffnung, dass der Zug Verspätung haben würde, erfüllte sich ebenfalls nicht. Der Bahnsteig war menschenleer, als ich mit hängender Zunge endlich dort eintraf.

In der ersten Wut hätte ich die blöden Blumen am liebsten in den nächsten Abfalleimer gesteckt, ließ das dann doch lieber bleiben, marschierte zu meinem Rover und fuhr ins Büro zurück. Dort wurde ich von Lena bereits erwartet. Aber nicht nur von ihr.

XX.

Irgendwie hatte ich mir 'ne zeternde Alte vorgestellt, ganz in Schwarz gekleidet und in Tränen aufgelöst. Doch die Inge Kohlries steckte in

Jeans und Sportschuhen, wie's halt am bequemsten ist für eine lange Bahnfahrt. Und wirkte vor allem erstaunlich gefasst, obwohl ihre eingefallenen Wangen davon zeugten, dass sie in der Nacht kaum Schlaf gefunden hatte, wenn überhaupt. Ob sie sich über die Blumen gefreut hätte, kann ich nicht sagen. Denn die lagen noch immer im Rover, hatte ich in der Eile mitzunehmen vergessen. Ich kam auch gar nicht dazu, sie jetzt wenigstens zu holen, da Inge Kohlries, von Lena inzwischen behutsam über den Stand der Dinge aufgeklärt, sogleich ohne Umschweife zu erzählen begann.

Dass der Kurt, ihr Ehemann, Verschubarbeiter bei der Bahn, kurz nach der Geburt Tamaras von 'nem Kesselwagen überrollt wurde. Worauf die Inge Kohlries sich und ihre beiden Bälger allein durchfüttern musste. Was für eine Fabriksarbeiterin in der damaligen DDR nicht leicht war.

Der Versuch Jahre später mit einem neuen Kurt, der diesmal Rainer hieß, scheiterte nach wenigen Monaten. Er wurde zwar von keinem Kesselwagen überrollt, machte sich aber an die Tamara ran, die damals gerade elf war.

„Vor lauter malochen hatte ich viel zu wenig Zeit und auch gar nicht die Kraft gehabt, mich vor allem um die Kleine genügend zu kümmern, ihr die nötige Liebe und Wärme zu geben. Ihre Sehnsucht danach war groß. Und er wusste dies für seine Zwecke zu nützen, während ich in der Abendschicht war."

Auch die Kerstin konnte nichts verhindern. Denn sie wohnte damals nicht mehr daheim, war bei einem Günther Beck in dessen Dachkammer eingezogen. Gleich nach der Wende dann heirateten die beiden, übersiedelten nach Hamburg. Der Jung-Ehemann versuchte erst gar nicht, Arbeit zu finden, lachte sich lieber 'ne doppelt so alte, dafür betuchte Witwe an. Die Kerstin ließ sich scheiden, blieb aber in Hamburg, da all ihr Erspartes in der netten kleinen Wohnung steckte und sie obendrein mit viel Mühe endlich eine Stelle in 'nem Reisebüro ergattert hatte. Nicht besonders gut bezahlt, doch es reichte für ihre bescheidenen Bedürfnisse. Außerdem machte ihr der Job Spaß.

„Sie hatte", sagte Inge Kohlries, „eigentlich allen Grund, glücklich und zufrieden zu sein, war's auch in gewissem Sinne. Schämte sich aber gleichzeitig dieses Glücks. Vor der Tamara. Hatte ihr gegenüber ein fürchterlich schlechtes Gewissen. Redete sich ein, ihre kleine Schwester damals in Stich gelassen zu haben. Nicht mir gab sie die Schuld, obwohl's ja ich gewesen war, die den Rainer ins Haus geholt hatte. Nein. Nur sich selber. Ich hab' alles versucht, ihr diesen Unsinn auszureden. Keine

Chance. Sie überhäufte das Mädl mit Geschenken, um ihr Gewissen irgendwie zu beruhigen. Und als dann die Tamara in Dresden nicht gleich 'ne Lehrstelle fand, zumindest keine, die ihr taugte, drangsalierte die Kerstin die Chefin des Reisebüros in Hamburg so lange, bis die endlich ja sagte."

Die Tamara begann also in dem Reisebüro 'ne Lehre. Und holte sich dort wohl aus irgend'nem bunten Prospekt jenes Faible für Insel-Gleichnisse, das drei Jahre später tragische Bedeutung erlangen sollte. Doch noch träumte sie nicht vom großen Geld. Wäre schon mit ein paar Mark Taschengeld mehr im Monat zufrieden gewesen. Denn die Kerstin, die sie bisher immer mit Geschenken verwöhnt hatte, erwies sich plötzlich als recht knausrig und sagte ihrer Schwester, dass sie sparen müsse.

Die Tamara zeigte dafür wenig Verständnis. Da hätte sie ja gleich in dem verdammten, beschissenen Dresden bleiben können, wo die Discos zwar nicht ganz so toll wie hier in Hamburg, aber auch um einiges billiger waren. Wobei sie sich hier ohnedies höchst fehl am Platz vorkam, in ihrer öden Ossi-Kluft. Nee, da musste was geschehen. Doch ein Jahr sparen nur für 'ne echt coole Jacke? Und dann noch ein zweites Jahr für den Rest? So lange konnte sie wirklich nicht warten. Unmöglich. Das

Geld brauchte sie jetzt! Doch woher nehmen, wenn nicht stehlen?

Nicht ganz vier Monate waren seit Tamaras Ankunft in Hamburg vergangen, da musste die Kerstin sie erstmals von der Polizeiwache abholen. Aufgegriffen am Baby-Strich. Es war noch nichts passiert. Vor lauter Aufregung hatte die Tamara den nahenden Polizeiwagen einfach übersehen.

Der nicht mal so schlimmen Standpauke, die ihr 'ne Polizeibeamtin angedeihen ließ, folgte eine weitaus ärgere. Von der Kerstin. Die Tamara heulte Rotz und Wasser, versprach händeringend, *dies* nie mehr zu tun.

Beim zweiten Mal, fünf Wochen später, war die Tamara weitaus vorsichtiger. Und gewiefter. Hatte bereits 180 Mark aufgestellt, als sie geschnappt wurde. Um dann für 24 Stunden die Bekanntschaft des Polizei-Knasts zu machen.

Zu einem dritten Mal sollte es nicht mehr kommen. Dafür sorgte schon die Kerstin, die sich im Reisebüro extra einen Tag frei nahm, um die Tamara persönlich bei ihrer Mutter abzuliefern. „Hamburg ist kein Pflaster für sie."

Der Aufenthalt im Polizei-Knast hingegen schien heilsam gewesen zu sein. Nie wieder, schwor die Tamara, diesmal nicht nur den anderen, sondern vor allem auch sich selbst. War plötzlich wie verwandelt. Nahm dankbar die einzige noch freie Lehrstelle – bei 'nem Kaminfeger – an. Arbeitete zur Zufriedenheit des Meisters. Verliebte sich in 'nen jungen Elektriker, der eben die Gesellenprüfung geschafft hatte. Wurde 17, schmiedete Heiratspläne mit 'nem Automechaniker, der inzwischen den Elektriker aus dem Rennen geworfen hatte. Wurde 18. Und verschwand.

Liebe Mutti, bitte sei mir nicht bös. Und mach dir vor allem keine Sorgen. Ich werde auf mich aufpassen, versprochen. Ganz liebe Grüße auch an die Kerstin. Ihr zwei werdet mich bald wiedersehen. Und dann feiern wir drei 'ne riesige tolle Fete. In Liebe eure Tamara.

Mehr stand nicht auf dem Zettel. Einige Buchstaben waren ein wenig verschwommen, an jenen Stellen, wo sich das Papier leicht rau anfühlte, aufgeweicht war. Als Inge Kohlries diesen Brief zu Ende gelesen hatte, und dann nochmals, und ein drittes Mal, und noch immer nicht fassen konnte, warum, ließ sie das Grübeln kurz bleiben, lief um einen Kugelschreiber. Und kreiste mit zittrigen Fingern die ursprünglichen, inzwischen schon eingetrockneten Flecken ein, um sie von den inzwischen neu hinzugekommenen später unterscheiden zu können.

Und als sie diese Arbeit beendet hatte, ging

sie zum runden Tisch im Wohnzimmer, dessen Holzplatte durch eine Glasscheibe geschützt wurde. Sie hob die Scheibe ein Stück an, schob ganz vorsichtig und behutsam den Zettel darunter, setzte die Scheibe wieder auf.

Dort lag er nach wie vor, dieser Brief der Tamara, durch eine weiße Tischdecke aus Stoff vor neugierigen Blicken geschützt. Und wenn ihr danach war, musste die Inge Kohlries die Tischdecke bloß zur Seite schieben. Und schon konnte sie ihn wieder lesen, zum abertausendsten Mal. Und auf die eingekringelten Flecken starren, die von den Tränen ihrer Tamara rührten. Und hoffen, dass sie irgendwann doch noch zurückkehrt.

XXI.

„Sie kommt nicht wieder“, sagte Inge Kohlries in die Stille hinein.

„Vielleicht doch“, wandte ich ein, ohne selbst daran zu glauben. „Man weiß nie.“

Inge Kohlries schüttelte bitter den Kopf. „Ich weiß es. Wusste es schon die ganze Zeit. Wollte es nur einfach nicht wahrhaben. Aber jetzt, wo auch die Kerstin . . .“

Ja, und nun brachen sie los, die Tränen, gegen die sie so lange angekämpft hatte. Und weil so was ansteckend ist, heulte die Lena gleich mit, während ich bloß ans Fenster trat, um mal nach dem Wetter zu gucken.

Nach drei Minuten war alles vorbei, hatte sich die Inge Kohlries gefangen. Und ich fragte sie, ob denn die Tamara nach ihrem Verschwinden aus Dresden nie wieder was von sich hören ließ.

„Oh doch“, sagte Inge Kohlries. „Nach ungefähr drei Wochen rief sie an, klang eigentlich recht fröhlich, sagte, es gehe ihr gut. Ich fragte sie natürlich sogleich: *Wo steckst du, Schatz?* Doch sie sagte nur *tschüss* und legte auch schon auf. Einen Monat später der nächste Anruf. Dann vergingen gleich drei Monate, ehe sie sich endlich wieder meldete, nun gar nicht mehr so fröhlich klang. Und dann: nichts mehr. Die Kerstin und ich, wir haben alles versucht, sie in Hamburg, ich hier in Dresden. Waren immer wieder bei der Polizei, haben die dort beschworen, was zu unternehmen. Sie haben's versprochen, alles haben sie uns versprochen. Aber ... Und vor 'nem halben Jahr stand dann plötzlich 'n Kripo-Mensch in der Tür, sagte, dass die Tamara die ganze Zeit über in Frankfurt gesteckt habe. Bei 'nem Hostessen-Service. Und dass sie jetzt aber auch dort verschwunden sei. Und wollte wissen, ob sie sich bei mir gemeldet habe.“

„Wie hat die Kerstin auf die Nachricht reagiert?"

„Gar nicht", sagte Inge Kohlries. „Weil ich ihr nichts von alldem erzählt habe. Sie nicht noch mehr belasten wollte. Die Kerstin machte sich ohnedies schreckliche Vorwürfe, dass sie damals die Tamara nach Hamburg holte. Und wenn sie jetzt erfahren hätte, dass ihre Schwester ... für 'ne Begleitagentur ..."

„Sie muss es aber dann doch erfahren haben ..."

„Ja", nickte Inge Kohlries. „Irgendwoher. Vermutlich vor 'nem Monat erst. Denn da rief sie mich an. *Du, Mutti, die nächste Zeit bin ich nicht erreichbar. Muss um die halbe Welt gondeln und Hotels testen. Könnte länger dauern. Melde mich dann gleich wieder, sobald ich zurück bin.*

„In Wahrheit jedoch", sagte ich seufzend und erhob mich dabei, „fuhr die Kerstin direkt nach Frankfurt, nahm selbst 'nen Job bei der Begleitagentur an, um nach der Tamara zu forschen. Wurde möglicherweise sogar fündig. Und vielleicht deshalb ermordet ... Ja, so könnte es gewesen sein ... Kommen Sie, Frau Kohlries! Am besten, wir fahren jetzt gleich zum Staatsanwalt, und Sie erzählen dem alles und ..."

„Ich kann leider nicht mitkommen", fiel mir die Frau ins Wort. „Muss dringend nach Dresden zurück, heute noch. Die Fabrik, in der ich 26 Jahre lang schuftete, gibt's nicht mehr. Einfach abgedreht. Jetzt hab' ich endlich wieder 'nen Job. 'nen Scheiß-Job in der Küche von 'nem Restaurant. Als Abwäscherin. Aber ich muss froh sein, dass ich den wenigstens gefunden habe."

„Natürlich", sagte ich rasch und nickte ihr verständnisvoll zu. „Ganz klar. Wann geht denn ihr Zug?"

„In 40 Minuten", sagte sie nach einem Blick auf ihre Armbanduhr.

„Gut. Ich bringe Sie hin."

„Nicht nötig. Kann mir 'n Taxi nehmen und . . ."

„Das Taxi bin ich!", sagte ich lächelnd. „Außerdem hab' ich noch was für Sie."

Und so kam die Inge Kohlries nicht nur rechtzeitig zum Zug, sondern doch auch noch zu ihren Blumen. Die zwar schon ein wenig die Köpfchen hängen ließen nach der langen Zeit im heißen Wagen, doch tat die Inge Kohlries zumindest so, als ob sie sich über den Strauß freue.

Wir hatten einander schon ade gesagt, als ich plötzlich den Fünfhunderter hervorkramte, ihn der Frau in die Hand drückte. „Ein Begräbnis ist teuer. Da, 'ne kleine Hilfe. Sie werden's brauchen."

Sie schüttelte verwundert den Kopf. „Aber wie kommen Sie dazu . . .?“

„Ist nicht mein Geld. Gehört eigentlich . . . Egal! Nehmen Sie's! Bitte! Die Kerstin soll wenigstens ein schönes Begräbnis haben. Hmm?!“

Vielleicht war's wieder mein legendärer Dackelblick, der die Inge Kohlries dazu bewog, den Schein tatsächlich einzustecken. Und ich war froh, ihn endlich losgeworden zu sein. Noch dazu an der besten Adresse von allen.

XXII.

Meine nächste war weniger gut. Das Gerichtsgebäude. Wollte hier den Staatsanwalt aufsuchen. War gespannt darauf, was der sagen würde zu diesen Neuigkeiten. Nur kam's gar nicht dazu. Denn wie ich eben an seine Tür klopfen wollte, ging diese auf und die Helga trat heraus. Sie erinnern sich: die mit der Hornbrille.

Die Helga freute sich gar nicht, mich zu sehen. Und auch mir schwante Böses.

„Was tun denn Sie hier?“

„Ich . . . ich . . . Der Spontek hat von mir verlangt, dass ich's dem Staatsanwalt erzähle. Damit endlich Ruhe sei. Und so Leute wie Sie ihn nicht mehr nerven.“

Ich nahm die Helga an der Hand, führte sie ein paar Meter weg von der Tür, hin zur Stiege. „Also schießen Sie schon los: Was belastet den Löhr denn gar so sehr? Vielleicht ist's ja nur ein Missverständnis."

Sie schüttelte traurig den Kopf. „Da gibt's nichts misszuverstehen. Die Tote, also natürlich wie sie noch lebte, war bei uns in der Redaktion. Am Abend vor dem Mord."

„Kannten Sie denn die Kerstin Beck?"

„Nein. Aber aufgrund der Fotos – eindeutig sie!"

„Und was wollte sie in der Redaktion?"

„Das ist es ja", seufzte die Helga schwer. „Den Didi wollte sie sprechen. Den Dietmar Löhr."

„Weshalb? Hat sie 'nen Grund genannt?"

„Nein. Aber sie war enttäuscht, als ich sagte, dass er unterwegs sei. Wollte sogar auf ihn warten. Was natürlich nicht ging und außerdem sinnlos gewesen wäre, da der Didi in der Nacht ja gar nicht zurückkommt. Hab' ich ihr auch gesagt. Und weil sie mir Leid getan hat, sie war ja wirklich fürchterlich aufgeregt, gab ich ihr schließlich die Nummer seines Handys. Bot ihr sogar meinen Apparat an, um ihn anzurufen. Doch das wollte sie nun auch wieder nicht. War wohl was recht Persönliches und nicht für fremde Ohren bestimmt. Sie nahm also den Zettel mit der Nummer und ging."

„Ob sie ihn dann tatsächlich angerufen und auch erreicht hat, wissen Sie jedenfalls nicht."

„Nein. Aber so wie die drauf war, hat sie ihn angerufen. Und irgendwann auch erreicht."

„Tja", sagte ich. „Da werden Sie wohl Recht haben." Und dachte dabei an die Geschichte, die mir Rollners kurvenreiches Sabinchen mit seiner Zwitscher-Stimme aufgetischt hatte. War also doch nicht gelogen gewesen.

Damit aber war wohl auch der Löhr dran. Endgültig.

Ich wollte mich von der Helga möglichst rasch verabschieden, aber natürlich fragte sie noch, ob sich der Didi wenigstens über die 500 Mark gefreut habe.

„Nein", sagte ich, ein wenig betreten. Und berichtete ihr wahrheitsgemäß, was ich mit dem Geld gemacht hatte.

Die Helga nickte nach kurzem Überlegen. „Ist vielleicht auch besser so. Ja, bestimmt sogar. Die arme Frau . . ."

War halt wirklich ein Mensch mit Herz und Verstand, die Helga. Trotz ihrer Hornbrille. Während ich ihr nachsah, wie sie die Stufen hinunterging, ertönte hinter mir ein schrecklich lautes und obendrein höhnisch klingendes Organ. „Ist das nicht . . .? Oh ja, er ist's! Der Meisterdetektiv persönlich! Kommen Sie zu mir?"

„Nein, Herr Staatsanwalt", sagte ich hastig.

„Hab' mich bloß im Stockwerk vertan." Sprach's und eilte die Treppe hoch. Zum Untersuchungsrichter Dr. Neuhold, um eine Besuchserlaubnis für den Dietmar Löhr zu erhalten.

Der Dr. Neuhold war ein recht netter, älterer Herr. Und offenbar bereits informiert. Denn während er das Formular unterschrieb, murmelte er: „Schaut nicht gut aus für ihn . . ."

XXIII.

Auch er selbst schaute nicht gut aus, der Dietmar Löhr. Gar nicht gut. Erst zwei Tage im Knast und schon um Jahre gealtert.

„Ich möchte hier endlich wieder raus!", wimmerte er.

„Da sind Sie nicht der Einzige", sagte ich grob. „Wie wär's mal mit der Wahrheit, he?!"

„Die sag' ich doch die ganze Zeit."

„Sagen Sie nicht!"

„Sag' ich doch!"

Um dieses sinnlose Geplänkel zu beenden, wurde ich konkreter.

„Die Kerstin Beck hat Sie angerufen."

„Hat sie nicht."

„Über's Handy!"

„Nichts hat sie", schrie er verzweifelt auf.

„Warum sollte sie?! Sie kannte mich ja nicht. Und ich kannte sie nicht."

„Kannten Sie die Tamara? Tamara Kohlries!"

„Nee. Noch nie gehört den Namen. Wer soll denn das schon wieder sein?"

„Auch eine von der Begleitagentur. Die Schwester von der Kerstin und . . ."

„Nette Familie", brummte er.

Ich überhörte das einfach, fuhr unbeirrt fort: „. . . seit 'nem halben Jahr spurlos verschwunden."

Er starrte mich mit großen Augen an. „Wie?! Soll ich die etwa auch . . .?" Und plötzlich grinste er ganz irr. „Aber ja, warum nicht! Ich gestehe alles. Dietmar Löhr, der große Killer. Alle hab' ich umgebracht, einfach alle. Auch ihre Urgroßmutter, Stein! Oder lebt die etwa noch?! Na, sehen Sie!"

Ich ging. Denn es war sinnlos, mit ihm weiter zu reden, in dieser Verfassung.

XXIV.

„Du berichtest, und ich mach' uns inzwischen Kaffee", sagte Lena.

Mit war eher nach einem Schnaps zumute als nach Kaffee. Noch dazu Lenas Kaffee . . .

Aber womöglich tat ich ihr Unrecht. Lag

vielleicht gar nicht an ihr, dass er so grauslich schmeckte. Sondern daran, dass ich die billigste Sorte kaufte, die überhaupt zu kriegen war. In manchen Dingen bin ich eben sparsam.

Jedenfalls: Die Lena braute, ich erzählte, würgte dann pflichtschuldig den Kaffee hinunter, der ihr durchaus zu munden schien, erzählte weiter, kam zum Schluss.

„Und du hast ihm also nicht alles gleich hingeschmissen, den ganzen Kram?"

„Nein", sagte ich. Und fragte schelmisch: „Hätte ich sollen?"

„Auf keinen Fall!", grinste sie. „Denn jetzt bin ich wirklich neugierig, wie das alles zusammenhängt – die Kerstin, die Tamara, und der Löhr. Falls er trotz allem schuldlos sein sollte, sind wir ohnedies seine letzte Hoffnung. Ist er aber der Mörder, dann soll er erst recht blechen."

In diesem Punkt waren wir also wieder einmal einer Meinung. In einem zweiten ebenso: Dass die Kerstin offenbar am letzten Tag ihres Lebens etwas erfahren haben musste, über die Tamara und über den Löhr. Und dass sie's deshalb kaum erwarten konnte, mit ihm in Kontakt zu kommen.

Wer aber hatte ihr, wissentlich oder vielleicht auch ungewollt, hier was geflüstert?

Der Klaus Rollner? Also der ganz sicher nicht!

Eine ihrer Kolleginnen? Auch eher unwahrscheinlich. Denn warum jetzt und nicht schon früher?

Ein Kunde? Ja, das konnte durchaus sein. Vermutlich sogar ihr letzter Kunde. Vor dem allerletzten dann.

Wie aber auf den kommen? Für den Rollner wär's kein Problem. Der müsste bloß nachblättern in den Unterlagen. Aber das würde er nicht tun. Zumindest nicht freiwillig.

Wenn nicht er, wer sonst. Tja. Da fiele mir schon wer ein. Die Conny!

Tatsächlich: ihre Stimme! „Begleitagentur Pretty Baby – hallo!"

„Ich bin's! Stein! Du, könntest du mir einen riesigen Gefallen . . ."

„Da hätten wir einmal die Sandra . . ." legte die Conny los, sprudelte ihren Text herunter, brach mittendrin plötzlich ab. Ließ mich dann noch wissen, dass ich's mir gefälligst selber machen sollte, und legte wieder auf.

„Ein guter Tipp", grinste Lena, die natürlich mitgelauscht hatte. „Sollte sie allen Anrufern geben. Und? Wirst du ihn befolgen?"

„Also wirklich, Lena! Deine anzüglichen Bemerkungen kannst du dir ruhig sparen. Und außerdem liegt's doch auf der Hand, dass die Conny mir bloß klarmachen wollte, dass sie nicht allein ist. Offenbar ist der Rollner bei ihr.

Werden wir halt in einer Stunde nochmals anrufen. Und dann, wenn's nötig ist, wieder nach 'ner Stunde."

Doch die Lena hatte eine große Schwäche: die Ungeduld. „Nee", sagte sie. „Denn vielleicht wird sie inzwischen abgelöst. Und was dann?! Hab' eine viel bessere Idee. Wir zwei fahren hin, jetzt auf der Stelle. Und warten, bis sich der Rollner verrollt."

Ich schüttelte sogleich den Kopf. „Kommt gar nicht in Frage!"

Die Lena hat neben ihrer großen Schwäche leider auch 'ne noch ganz große Stärke: die Überredungskunst. Zumindest was mich betraf.

Und so kam's, dass wir uns in den Rover setzten und zur Begleitagentur fuhren.

XXV.

Hinter beiden Fenstern der Begleitagentur brannte Licht. Der Rollner war also offensichtlich noch da. Ja, für einen kurzen Moment sahen wir ihn sogar, wie er das Fenster des Chefbüros schloss und dabei gleichzeitig aus seinem Hemd schlüpfte.

Gut, es war ein angenehm warmer Sommerabend. Aber so heiß, um gleich mit nacktem

Oberkörper umherrennen zu müssen, war's auch wieder nicht.

Obwohl: Ich schwitzte ebenfalls. Doch das hatte weniger mit der Außentemperatur zu tun. Vielmehr damit, dass ich mich höchst unwohl fühlte in meiner Haut.

„Komm, Lena", sagte ich. „Wir warten im Wagen, bis der Rollner verschwindet."

„Gleich. Nur vorher ... Los, stemm mich hoch!" Und trat dabei unters Fenster des Chefbüros.

„So was gehört sich nicht," ermahnte ich sie ernsthaft.

„Mag sein. Aber mach endlich."

Da jede weitere Widerrede ohnedies sinnlos gewesen wäre, tat ich, was sie mir befahl.

„Und? Was gibt's zu sehen?", fragte ich flüsternd.

„Er schlüpft aus der Hose ... He, kannst du nicht stillhalten da unten!"

„Voyeurin!", grummelte ich. Und obendrein wurde sie mir langsam auch ganz schön schwer.

„'n Moment nur noch! Sie kommt jetzt ins Zimmer ... Tja ... Kannst mich wieder runterlassen."

Ich tat's augenblicklich. „Fein. Dann können wir ja jetzt endlich ..."

„He, ich hab' eine Idee!"

Nicht schon wieder! Nein, bitte nur das nicht! Keine weiteren Ideen Marke Lena!

Doch sie nahm auf mein stummes Flehen natürlich keine Rücksicht. Sondern starrte auf das zweite Fenster mit dem offen stehenden Flügel. „Die sind für die nächsten Minuten miteinander beschäftigt."

Sie ahnen bereits, was nun folgte? Nun, war ja auch nicht schwer zu erraten. Jedenfalls stimmte ich nur unter einer Bedingung Lenas ach so grandioser Idee zu: Dass, wenn's schon unbedingt sein muss, ich selbst es sei, der hier den strafbaren Tatbestand des unbefugten Eindringens setzt. Und nicht die Lena.

Mit ausgestreckten Händen konnte ich das Fensterbrett gerade erreichen. Ich zog mich daran hoch, während Lena von unten anschob, zappelte kurz wie ein Fisch im Trockenen, dann war's geschafft. Stand im Zimmer und hörte aus dem Nebenraum ein rhythmisches Quietschen der Couchfedern und das Keuchen des Herrn Rollner.

Jetzt aber rasch! Das verdammte Auftragsheft lag nicht am Schreibtisch. Vorsichtig zog ich die Lade ein Stück auf. Sie knarrte dennoch. Mir ging dieses Knarren durch Mark und Bein. Selbst im Nebenraum musste es gehört worden sein, da das rhythmische Quietschen augenblicklich abbrach.

„Was war das?!“

„Nichts“, war nun Connys müde Stimme zu hören. „Wird wohl der Fensterflügel gewesen sein. Mach endlich weiter . . .“

Drüben ging's wieder los. Und ich hatte nun endlich das gesuchte Heft in der Hand. Schlug es auf, fand den richtigen Tag, und wie ich eben die Eintragungen durchzugehen begann, schrillte das Telefon neben mir.

Ich verzog mich, mangels besserer Verstecke, samt Auftragsheft hinter den Aktenschrank.

Die Conny kam ins Zimmer getrabt, griff nach dem Hörer und konnte sich diesmal ihr Sprüchlein ersparen. Denn der Anrufer war offenbar ein Stammkunde, wusste genau, was er wollte.

„Ja, die Sandra ist frei. Jetzt gleich, oder . . .? Auch gut, kein Problem. Punkt elf ist sie bei dir. Tschüss! Ach, und viel Spaß noch . . .“

Die Conny hängte den Hörer ein, schob die Lade ein Stück weiter auf und griff hinein. Freilich: ins Leere.

Leicht verwirrt sah sie sich um. Und starrte mich dann sehr verwirrt an, als ich plötzlich hinter dem Aktenschrank vortrat, ihr das vermisste Auftragsheft in meiner Rechten zeigte sowie obendrein das liebreizenste Lächeln meines Lebens, gepaart mit unschuldigstem Dackelblick.

Schreien oder nicht schreien? – das war die Frage, die sich die Conny nun stellte. Doch ehe sie noch 'ne Entscheidung traf, ertönte aus dem Nebenzimmer Rollners gereizte Stimme: „Wo bleibst du denn so lange?"

„Ich komme gleich", sagte die Conny, riss mir mit zornig-strafendem Blick das Auftragsheft aus der Hand, knallte es auf den Schreibtisch und verschwand.

Ich schickte ihr ein stilles, dankbares Küsschen nach und verschwand ebenfalls. Durchs Fenster.

XXVI.

Der Mann hieß Peter Prutz, wohnte gar nicht allzu weit entfernt und war, der Häufigkeit des Vorkommens seines Namens im Auftragsheft nach zu schließen, Hausbesuchen keineswegs abgeneigt. Also sollte er jetzt gleich wieder einen kriegen. Gratis sogar. Von uns.

Wie nicht anders erwartet, stellte er sich anfangs dumm. Wollte eine Begleitagentur *Pretty Baby* überhaupt nicht kennen und auch keinerlei Interesse an derlei Dingen haben. Doch plötzlich überlegte er sich's anders und meinte herausfordernd: „Und wenn schon! Verboten?! Außerdem ist das meine Privatsache."

„Im Prinzip ja", stimmte ich ihm zu. „Außer – bei Mord."

Sein verdatterter Gesichtsausdruck war gespielt. Schlecht gespielt. Denn natürlich wusste er aus den Zeitungen längst von dem Mord an der Kerstin, hatte sie auf den Fotos gewiss gleich wiedererkannt. Und da er sehr wohl eins und eins zusammenzählen konnte, musste ihm von Beginn an klar gewesen sein, dass wir ihn nicht aus Sorge um sein Seelenheil auf die Begleitagentur ansprachen.

Da ich nun mal ein netter Mensch bin, ebnete ich ihm den Weg für einen geordneten Rückzug. Und erzählte ihm all das, was er ohnedies schon wusste: Dass die Kerstin tot sei und ihn, den Herrn Prutz, wenige Stunden vor ihrem gewaltsamen Ende noch besucht habe.

„Ja, und?! Die hat viele besucht. War ja auch ihr Job. Und wie sie von mir fort ist, erfreute sie sich noch bester Gesundheit."

„Glaub' ich Ihnen aufs Wort", sagte ich, noch immer die Freundlichkeit in Person. „Doch da Sie ihr letzter Kunde waren, zumindest der letzte, den sie überlebte, hätten wir halt gern gewusst, was bei diesem Besuch so geplaudert wurde. Zwischendurch."

„Warum soll ich Ihnen, ausgerechnet Ihnen, das erzählen?"

„Weil wir Ihnen sonst die Polizei an den Hals

schicken“, sagte ich, betont sanft. „Und wo Bullen auftauchen, sind Reporter nicht fern.“

Er überlegte kurz, seufzte schwer und sagte dann achselzuckend: „Was man halt so redet in so einer Situation. Übers Bumsen und übers Wetter . . .“

„Und über die Tamara . . .“, fügte ich hinzu und lächelte ihn dabei höchst unschuldig an.

Der Treffer saß. Punktgenau.

„Woher wissen Sie . . .?“, stammelte er, nun ehrlich verwirrt.

Ich verzog bloß höchst geheimnisvoll mein Gesicht. „Sie sind am Wort!“

Und er sah das ein. Jetzt plötzlich sah er's ein. Und begann zu reden. Erzählte alles. Dass die Kerstin zum ersten Mal bei ihm gewesen sei. Und dass sie ihre Sache recht gut gemacht hätte. Und um ihr in seiner Güte und Großherzigkeit 'ne Freude zu machen, hatte er gesagt: „Du warst bisher von allen Rollner-Mädels die Beste!“

Und sie hatte dankbar gestrahlt und gesagt: „Wirklich?! Sogar noch besser als diese . . . diese Tamara, von der heute noch alle schwärmen?“

„Alle?!“, hatte er da höhnisch gegrinst. „Das würd' mich aber wundern . . .“

„Warum? Wie meinst du das?“

Doch der Peter Prutz wich einer Antwort auf

diese Frage aus, wechselte einfach das Thema. Und die Kerstin wusste, was sich gehört, 'nem Kunden gegenüber. Fragte nicht weiter.

Später dann, als die Stunde um war und sie bereits ins Gewand zu schlüpfen begann, während der Prutz im Bademantel ihr zusah dabei, entschuldigte sie sich sogar für ihre Neugier vorhin. „Ich wollte dich wirklich nicht belästigen mit meinen blöden Fragen. Aber, du musst wissen . . ." Und sie verstummte.

„Was muss ich wissen", fragte er, natürlich neugierig geworden.

„Nun ja", druckste sie herum, „ich bin noch neu in diesem Job. Und wenn ich dann erfahr', dass eine so urplötzlich verschwunden ist und keiner weiß, wo sie steckt . . ." Sie verstummte wieder, kämpfte sichtlich mit sich, überwand dann doch ihre Scheu: „Ich habe Angst. Schreckliche Angst. Dir kann ich's ja sagen. Dir als Einzigem . . ."

So was hört jeder Kunde gern – dass er, wenn schon nicht im Bett, so doch irgendwo der Einzige ist. Auch dem Herr Prutz gefiel das sehr. Aber er wollte Näheres wissen. Nicht über ihre Angst, denn die war ihm scheißegal. Sondern darüber, weshalb sich die Kerstin nur ihm, ausgerechnet ihm, anvertrauen könne – „Du hast mich ja grad erst kennen gelernt!"

„Ja, ich weiß auch nicht", seufzte die Kerstin,

und stellte, was die Schauspielkunst betrifft, fraglos selbst mich in den Schatten. „Aber du bist so anders als die anderen. Bei dir fühlte ich mich gleich so geborgen. Und dir musste ich auch nichts vormachen."

„Willst du damit etwa gar sagen . . .?"

„Ja", sagte sie und drängte sich an den Herrn Prutz. „Nimm mich nochmals", keuchte die Kerstin.

„Aber der Rollner!"

„Scheiß auf den Rollner. Er muss es ja nicht erfahren."

Und als dann der Herr Prutz, ermattet auf der Matratze lag, er eigentlich nur noch schlafen wollte, weil er ja auch nicht mehr der Jüngste war, fragte ihn eine Engelsstimme, wie das denn nun gewesen sei mit der Tamara.

„Frag doch den Löhr", brummte er, nur um endlich Ruhe zu haben.

„Welchen Löhr? Ich kennen keinen Löhr."

„Den Dietmar Löhr vom Nachtexpress", murmelte er noch. Und schlief auch schon ein . . .

„Warum ausgerechnet den Löhr", fragte ich hastig, da ich's einerseits jetzt endlich wissen wollte und der Peter Prutz obendrein schon wieder 'nen recht müden Eindruck machte.

„Weil der Näheres über die Tamara wissen müsste. Vielleicht sogar auch über ihr Verschwinden. Genauso gut hätt' ich die Kleine natürlich auch zum Spontek schicken können. Aber ich dachte mir, dass sich dieser Fettsack kaum dazu herablassen werde, mit ihr überhaupt ein Wort auch nur zu reden. Während der Löhr ..."

„Jetzt reden Sie doch endlich Klartext", fuhr ich den Prutz zornig an. „Was hatten die beiden mit der Tamara zu schaffen?"

Er zuckte zusammen, winselte, dass er das so genau auch nicht wisse. Aber er hätte mal die Tamara einem befreundeten Bauunternehmer als nette Abwechslung empfohlen. Anfangs war der auch schwer begeistert gewesen von ihren Qualitäten im Bett. Doch eines Tages dann, ja, eigentlich kurz, bevor die Tamara verschwand, war in der Spalte von Spontek höchst Delikates über 'ne junge Schauspielerin zu lesen, eine gewisse Claudia Bürgner, mit der der Bauunternehmer mal 'n kurzfristiges Verhältnis gehabt hatte. „Klar, dass ich ihn drauf ansprach. Und wie reagierte er? Riss mir das Blatt aus der Hand, schlug's mir um die Ohren und brüllte: *Du mit deinen heißen Tipps lieferst mich diesen Schmierfinken aus! Danke! Vielen herzlichen Dank! Vögel deine Tamara in Hinkunft doch selber. Aber mich lass in Frieden.* Und seither sprach er kein Wort mehr mit mir, war ich einfach Luft für ihn."

„Und wie heißt er, dieser Bauunternehmer“, fragte ich, bereit, sogleich die Lena auf den Prutz zu hetzen, sollte der sich weigern, den Namen zu nennen.

„Carsten Romminger“, sagte er, wie aus der Pistole geschossen.

“*Der* Carsten Romminger, der vor zwei Wochen . . .?“

„Ja“, nickte Prutz, „genau der.“

Ich kannte den Carsten Romminger sogar recht gut. Er war ebenso wie der Paul Brecher einst mit mir auf die Polizeischule gegangen. Doch während der Paul, wie bereits erwähnt, dem Verein die Treue hielt und ich auf die Wahnsinnsidee verfiel, 'ne Detektei zu eröffnen, machte es der Carsten geschickter. Machte sich an eine sogar nicht unhübsche Tochter eines Bauunternehmers ran. Und übernahm den Laden, als der Herztod den Herrn Schwiegerpapa hinweggerafft hatte.

„Los!“, sagte die Lena in meine Gedanken hinein und war bereits aufgesprungen. „Fahren wir doch gleich hin zu dem! Um die Zeit wird er wohl noch nicht schlafen.“

„Das sicher nicht“, sagte ich müde. „Aber ich glaube kaum, dass die Friedhöfe über Nacht offen sind.“

Sie starrte mich an. „Willst du damit andeuten . . .?“

„Ja. Vor zwei Wochen mit seinem Ferrari gegen 'nen Brückenpfeiler gedonnert. Tot."

„So 'ne Scheiße", entfuhr es Lena. Die selten flucht. Aber wenn, dann mit Grund.

XXVII.

Ich fuhr sie mit dem Wagen bis vor ihre Haustür.

„Willst du einen Sprung mit hochkommen?"

Na klar wollte ich das. Denn man weiß ja nie, wie so was endet. Doch auch diesmal landeten wir nicht dort, wovon ich seit langem träumte. In ihrem Bett. Die Lena hatte sich bloß auf der Fahrt hierher so ihre Gedanken gemacht und wollte die Sache jetzt mit mir durchbesprechen.

„Fakt ist", hob sie an, kaum dass wir uns schön artig auf ihrer Wohnzimmergarnitur niedergelassen hatten, „dass an den Erpressungsgerüchten also sehr wohl was dran war. Nur war nicht der Rollner der Drahtzieher und Nutznießer. Sondern dein lieber, netter Löhr. Oder sein Boss. Oder beide."

„Beide – das geht nicht", wandte ich sogleich ein, da ich mir während der Autofahrt natürlich dieselben Gedanken gemacht hatte wie sie. „Denn wenn die zwei gemeinsame Sache gemacht hätten, müsste der Spontek seinen Herzenswunsch, den Löhr ans Messer zu liefern, jetzt besser tarnen. Müsste im Gegenteil dem Löhr – zumindest nach außen hin – sogar die Stange halten, um ihm nur ja keinen Grund für aufkeimende Rachegelüste zu geben."

„Sehe ich auch so", stimmte Lena mir zu. „Bleibt also im Grunde doch nur wieder der Löhr übrig. Als junger, aufstrebender Reporter benötigte er heiße Storys, um Karriere zu machen. Stieß auf die Tamara, der es inzwischen so dreckig ging, dass sie zu allem bereit war, nur um endlich auf ihre verdammte Insel zu gelangen. Der Löhr nutzte dies weidlich aus. Und überspannte dabei den Bogen. Keines der Erpressungsopfer hatte zwar den Mut, Anzeige zu erstatten, doch kursierten plötzlich unschöne Gerüchte. Und die Polizei begann sich für die Sache zu interessieren. Dem Löhr war's klar, musste klar sein, dass die obendrein koksende Tamara einem Verhör niemals gewachsen wäre. Spätestens beim Auftreten der ersten Entzugserscheinungen würde die plaudern wie ein Buch. Also musste er sie zum Schweigen bringen. Tat das auch, irgendwie. Und fühlte sich sicher. Bis ihn dann die Kerstin anrief und sagte, sie müsse dringend über ihre Schwester, die Tamara, mit ihm reden. Da packte den Löhr die Panik. Und weil ihm in der Aufregung nichts Besseres einfiel, bestellte er sie zu sich ins Haus. Tja, und das weitere kennen wir ja."

Gespannt sah mich Lena an. Ich nahm zuerst mal in aller Ruhe 'nen Schluck aus 'ner Bierdose, schüttelte dann bedächtig den Kopf: „Klingt nicht schlecht, deine Geschichte. Und dennoch hat sie einen riesigen Haken. Denn wenn der Löhr nicht völlig belämmert ist, dann lässt er die Rollner'sche Agentur doch ganz aus dem Spiel. Und vereinbart gleich direkt mit der Kerstin ein Treffen an einem möglichst abgelegenen Ort. Lockt sie irgendwohin. Nur nicht ausgerechnet ins eigene Haus!"

Natürlich hatte die Lena mit diesem Einwand gerechnet. Und schon eine Antwort parat: „Das glaub' ich dir aufs Wort, dass der Löhr liebend gerne auf die Dienste der Agentur verzichtet hätte. Ganz klar! Doch die Kerstin war ja nicht dumm und wird eben darauf bestanden haben, dass es so läuft und nicht anders – schon aus Gründen der eigenen Sicherheit."

Da mich die Lena nun gar so siegessicher anstrahlte, war's höchste Zeit für mich, meinen allerletzten Pfeil aus dem Köcher zu ziehen.

„Warum eigentlich, liebe Lena, klammerst du den Spontek aus all deinen Überlegungen aus? Erstens einmal kann er genauso gut der Erpresser gewesen sein, sich der Tamara bedient haben. Und zweitens ergibt die Löhr'sche Behausung als Tatort doch nur dann wirklich Sinn, wenn eben der Spontek der Mörder ist. Der sich mit einem Schlag gleich zwei Probleme vom Hals schafft: die Kerstin *und* den Löhr!"

„Hübsch ausgedacht", sagte die Lena. „Nur kann's der Spontek gar nicht gewesen sein."

„Warum?"

„Ganz einfach! Weil die Kerstin *den Löhr* anrief. Und nicht ihn, den Spontek."

„Anrufen *wollte*", erinnerte ich.

„Sie hat's ganz sicher getan."

„Außer, der Spontek ist ihr zuvorgekommen. Hat sie selbst angerufen. Als angeblicher Dietmar Löhr!"

Die Lena schaute mich verwirrt an. „Was soll dieser Unsinn?"

„Gar kein Unsinn", sagte ich sanft. „Schau. Die Kerstin war doch in der Redaktion und hat dort laut und deutlich ihre Absicht kundgetan, den Löhr anrufen. Das kann der Spontek durchaus mitbekommen haben. Oder seine Sekretärin hat's ihm berichtet. *War grad eine gewisse Kerstin Beck da, die unbedingt den Löhr sprechen will. Hab' ihr seine Handy-Nummer gegeben.*"

„Und was hätte dem Spontek das geholfen?", fragte Lena herausfordernd. „Er konnte doch mit dem Namen Beck gar nichts anfangen. Und außerdem . . ."

„Vielleicht doch“, fiel ich der Lena ins Wort. „Vielleicht sagte ihm dieser Name sogar sehr viel. Weil ihm längst zu Ohren gekommen war, dass es in Rollners Mädchenpensionat eine gibt, die dauernd lästige Fragen stellt wegen der verschollenen Tamara. Und er natürlich sofort Erkundigungen eingezogen hatte – bei seinen Verbindungen sicher kein Problem. Inzwischen alles über die Kerstin wusste. Sogar ihre Telefonnummer.“

„Die ihm aber nichts nützte“, erwiderte die Lena. „Oder schleppte die Kerstin ebenfalls ein Handy mit sich rum?“

„Nein“, knurrte ich, da dies der wunde Punkt in meiner Geschichte war. „Sie hatte bloß 'nen ganz normalen Apparat in ihrer Unterkunft stehen. Aber dort kann sie ja der Spontek dann telefonisch erreicht haben. Stellt sich als Dietmar Löhr vor, sagt, er habe von der Redaktion erfahren, dass sie ihn suche ...“

„Und sie sagt darauf: *Das ist aber komisch, Herr Löhr. Denn vor 'ner halben Stunden hab' ich mit Ihnen bereits telefoniert. Und da klang Ihre Stimme ganz anders.*“

„Ich weiß“, seufzte ich. „Natürlich kann das alles nur dann so funktioniert haben, wenn die Kerstin nicht schon vorher den richtigen Löhr über dessen Handy erreichte. Ich lege auch keineswegs meine Hand für den Löhr ins Feuer, aber . . ."

„Dafür leg' ich ich mich jetzt hin", fiel mir die Lena ins Wort und stand entschlossen auf. „Denn ich bin hundemüde. Will nur noch ins Bett. Und du solltest ebenfalls schlafen gehen. Morgen ist auch noch ein Tag."

„Guter Vorschlag", sagte ich und stemmte mich hoch. „Fühle mich ja auch wie zerschlagen." Auf ihren noch besseren Vorschlag, nämlich gleich hier zu bleiben, in ihrem Bett zu übernachten, wartete ich freilich vergebens.

XXVIII.

Vielleicht war's sogar gut so. Denn nach einer Nacht mit der Lena hätte ich sicherlich bis weit in den Tag hinein geschlafen. Und wäre jedenfalls nicht bereits frühmorgens unterwegs gewesen, um neuerlich den Untersuchungsrichter aufzusuchen.

„Sie? Schon wieder?"

„Tut mir Leid. Aber ich bräuchte nochmals 'ne Besuchserlaubnis."

„Wozu? Was versprechen Sie sich davon? Oder wollen Sie bloß Ihr Honorar in die Höhe schrauben? Ich seh' Sie ja fast öfter als seinen Anwalt."

„Tja. Vielleicht genau deshalb", sagte ich.

Dieses Argument gab ihm zu denken. Jedenfalls stellte er mir das Papierchen aus. Und somit stand meiner Morgenvisite beim Dietmar Löhr nichts mehr im Wege.

Der Löhr sah zu dieser frühen Tagesstunde noch schlimmer aus als bei meinem letzten Besuch am Nachmittag.

„Was wollen denn Sie schon wieder von mir", fauchte er grantig.

„Nichts Besonderes", sagte ich. „Will Ihnen bloß zur Freiheit verhelfen. Oder zu lebenslangem Knast, je nachdem."

Damit war meiner Ansicht nach der Konversation genüge getan. Jetzt wollte ich Fakten hören.

„Erinnern Sie sich an 'nen Artikel, der etwa im Januar oder vielleicht auch Anfang Februar in eurer Gesellschaftsspalte erschienen sein soll. Über eine junge Schauspielerin namens Claudia Bürgner. Dürfte damals einige Wogen geschlagen haben, der Bericht."

„Klar", sagte der Löhr und musste selbst jetzt noch, ein halbes Jahr später und hinter Gittern, grinsen. „Die Bürgner hat uns wegen der Story gleich mit einer Millionenklage gedroht. Dürfte sich's dann aber doch anders überlegt haben – nach 'nem klärenden Gespräch mit unserem Anwalt."

„Wer hat den Artikel verfasst? Sie?"

Er nickte heftig. „War 'ne echt heiße Story."

„Woher hatten Sie die Informationen? Von ihr?"

„Nee", meinte Löhr. „Die hätte sich gehütet!"

„Also von wem?"

„Über Informanten, das müssen Sie verstehen, rede ich prinzipiell nichts."

„Gut", sagte ich trocken. Erhob mich. Und schüttelte ihm die Hand. „Gratuliere! Zu lebenslanger Haft!"

Er starrte mich total verwirrt an. Was wiederum ein wenig für ihn sprach.

„Anders überlegt?"

Er nickte, senkte die Augen, sagte dann: „Der Spontek gab mir damals die Infos, damit ich 'ne Story draus mache."

„War doch nett von ihm, oder?"

Der Löhr lachte bitter auf. „Läuft ohnedies alles unter seinem Namen. Also hat er sich bloß Arbeit erspart."

„Und woher hatte *er* sein Wissen?"

„Keine Ahnung", sagte Löhr. Wobei ich irgendwie das Gefühl hatte, dass er eigentlich noch was hinzufügen wollte, dies aber dann doch lieber bleiben ließ.

Die nicht gesagten Dinge sind in meinem Job meist die interessantesten. Und wichtigsten.

„Raus mit der Sprache! In Ihrer Situation haben Sie nichts mehr zu verlieren, Löhr. Nur zu gewinnen."

„Na ja", sagte er, „möglich, dass der Jochen dem Spontek gelegentlich was gesteckt hat, so unter der Hand. Hockte jedenfalls auffällig viel bei ihm im Zimmer rum."

„Ich dachte, der Wörrisch sei nicht nur Ihr Fotograf, sondern gleichzeitig auch Ihr bester Kumpel."

„Ist er auch! Aber natürlich schadet's nie, wenn man sich's mit dem Boss gut stellt. Mach dem Jochen gar keinen Vorwurf daraus. In unserer Branche . . ."

Er redete weiter, doch ich hörte gar nicht mehr auf sein Geplapper, war gedanklich voll mit dem Jochen Wörrisch beschäftigt. Der sich anfangs gar so rührend um seinen *Didi* gesorgt hatte, dann aber irgendwie von der Bildfläche verschwunden war. Leider auch aus meinem Sinn. Doch wie sich konzentrieren, wenn der Löhr in einem fort quasselt?

„Verdammt, Löhr, so halten Sie doch mal für 'ne Minuten wenigstens die Luft an! Oder nein, besser noch, Sie verraten mir vorher, wer eigentlich über den Ersatzschlüssel für Ihre Haustür Bescheid wusste. Den unterm Blumentopf meine ich.

„Keiner, so viel ich weiß", sagte er, ohne lang nachzudenken.

„Also auch nicht der Wörrisch?"

„Der schon. Natürlich. Aber sonst ... He, was wollen Sie mit dem Jochen! Der wäre doch wirklich der Letzte, der irgendeinen Grund hätte, mir was anzuhängen."

„Die Frage nach dem Grund lassen wir zunächst mal bei Seite", schlug ich vor. „Was mich viel mehr interessiert im Moment: Haben Sie ihr Handy dem Jochen an diesem Abend für kurze Zeit überlassen? Damit er wen anrufen kann."

Der Löhr machte mir diesmal sogar die Freude nachzudenken. „Nein", sagte er dann. „Trug es die ganze Zeit über in der Innentasche meines Sakkos mit mir spazieren".

„Nur haben Sie dieses Sakko dann ausgezogen", stellte ich fest.

„Unsinn! Ich renn' nie bloß im Hemd ... Ach, die Sache mit der Mayonnaise meinen Sie, die ich Ihnen zu verdanken hatte. Gut ja, da bin ich aus dem Sakko geschlüpft, um's nicht ebenfalls zu bekleckern. Hab's aber nicht aus der Hand gegeben."

„Sie werden doch sicher heimgefahren sein, um das Hemd zu wechseln."

„Natürlich. War ja nicht grad 'ne Zierde, der Fleck."

„Und wie Sie ins Haus hineingegangen sind, schleppten Sie brav Ihr Sakko mit sich ..."

„Nein“, sagte er. „Da ist's natürlich im Auto geblieben.“

„Und der Jochen?“

„Der blieb auch im Auto sitzen. Aber für die zwei Minuten . . .“

„Zwei Minuten? Sind Sie sicher, dass das nicht länger gedauert hat?“

„Meinetwegen auch drei. Denn ich hab' natürlich auf die Schnelle den schlimmsten Schmutz entfernt, ehe ich das Hemd in die Waschmaschine stopfte. Aber dann bin ich gleich ins nächste geschlüpft und . . .“

„Sie müssen doch auch fettig auf der Brust gewesen sein von der Mayonnaise?“

„Richtig“, sagte er, jetzt schon ein wenig nachdenklich. „Ich hab' mich gewaschen. Und . . . ja, am Klo war ich auch noch kurz.“

„Also alles in allem mindestens zehn Minuten. Eher fünfzehn. Wenn nicht gar noch länger.“

Er nickte stumm.

„Rund 'ne viertel Stunde saß somit der Wörrisch allein draußen im Auto. Mit ihrem Handy. Wie meldet er sich eigentlich am Telefon? Mit seinem Namen?“

„Kommt auf seine Stimmung an“, sagte der Dietmar Löhr. „Meist knurrt er bloß ein *ja* in die Muschel.“

„Und wie war seine Laune damals?“

„Nicht besonders", antwortete Löhr. Und verzog dabei die Mundwinkel nach unten.

XXIX.

Meine Laune hingegen war ganz ausgezeichnet, als ich wieder in mein Büro zurückkehrte. Denn noch ein vielleicht nicht unwesentliches Detail hatte ich dem Löhr entlockt: seine Kokain-Quelle. Ebenfalls der Jochen Wörrisch. Und wenn der schon seinen Kumpel mit dem Zeugs versorgte – warum nicht auch gleich noch 'ne gewisse Tamara Kohlries?

„Du, ich glaub', jetzt sind wir wirklich auf der richtigen Spur!"

Diesmal widersprach mir die Lena keineswegs, nickte nur bedächtig. Und sagte dann: „Wie aber beweisen?"

Selbst dafür hatte ich bereits 'nen Plan. Samt einem zweiten Plan. Handgezeichnet. Von Wörrisch's Wohnung.

Was ich jetzt noch benötigte, war neben Lenas Hilfe auch noch die Unterstützung durch eine weitere Person. Ob die aber dazu bereit sein würde?

Um mir nicht gleich am Telefon 'ne Abfuhr zu holen, fuhr ich auf gut Glück hin zur Wohnung, läutete.

„Nicht du schon wieder!“

Irgendwie schien sich an diesem Tag niemand so richtig über meinen Besuch zu freuen. Erst der Untersuchungsrichter; dann der Dietmar Löhr; und jetzt die Conny, die ich offensichtlich aus dem Schlaf gerissen hatte. Aber nicht nur deshalb eher gereizt auf meinen Anblick reagierte. Was ich ihr auch keineswegs verübeln konnte.

Mein Mund war schon ganz fusselig geredet und mein Dackelblick einigermaßen eingefroren, als sie mich endlich in ihre Wohnung ließ. Dann brauchte ich noch gut fünf Minuten, um ihr die Sachlage und meinen Plan zu erklären.

„Machst du's?“, fragte ich schließlich. „Ich zahl' natürlich für die Zeit.“

„Untersteh dich“, sagte sie. „Wann?“

„Am besten jetzt gleich. Falls er daheim ist. Doch das nehme ich schon an.“

„Was soll ich anziehen?“

„Irgendwas mit 'nem Jäckchen wäre günstig.“

„Gut“, sagte sie. Verzog sich ins Badezimmer und schickte mich in die Küche – „denn ich brauch 'ne schnelle Tasse Kaffee. Fürs Munterwerden.

Ich machte mich auf 'ne längere Wartezeit gefasst. Doch kaum dass ich den ersten Schluck getrunken und die Kaffeemarke notiert hatte – denn er schmeckte ganz vorzüglich – tauchte die Conny schon geduscht, frisiert, dezent geschminkt und voll angezogen in der Küche auf, schüttete ihren Kaffee hinunter.

„Von mir aus kann's losgehen."

Das ließ ich mir nicht zweimal sagen.

XXX.

Es war nicht mal noch elf Uhr, da standen wir bereits vor der Wohnungstür des Jochen Wörrisch. Nein, nicht die Conny und ich, sondern die Lena und ich. Genau genommen stand eigentlich nur sie vor der Tür, während ich mich daneben an die Wand presste und versuchte so flach wie 'ne Flunder zu sein.

Die Lena läutete. Schlurfende Schritte waren zu hören, dann ging die Tür auf.

„Ja, was liegt an . . .? He, ich kenn' Sie! Sind Sie nicht . . .?"

„Die Assistentin vom Stein. Richtig, Herr Wörrisch. Mein Boss hätte noch 'n paar Fragen an Sie."

„Ich hab' ihm alles gesagt, was ich weiß", antwortete er mürrisch. „Und außerdem bin ich im Moment einigermaßen im Zeitdruck."

„Bitte, Herr Wörrisch, es dauert nur 'n paar

Minuten“, sagte die Lena und lächelte ganz lieb dabei. Ein wenig zu lieb, für meine Begriffe.

Jedenfalls verfehlte Lenas Lächeln seine Wirkung nicht und der Wörrisch gab ihr augenblicklich den Weg frei.

Sie trat ein, zog die Tür hinter sich zu. Ließ dabei freilich die Klinke heruntergedrückt, sodass die Tür nicht ins Schloss fiel. Genau so, wie vorher mit mir abgemacht.

Durch die angelehnte Tür hörte ich die Lena losplappern. „Nett haben Sie's hier. Wirklich nette Wohnung. Ja, die würde mir auch gefallen.“

„Wenn ich gewusst hätte, dass ich so hübschen Besuch kriege, hätte ich natürlich viel mehr Ordnung geschafft,“ flötete der Wörrisch sogleich galant.

„Ach, das bisschen Unordnung stört mich überhaupt nicht. So lange Sie nicht erwarten, dass ich Ihnen aufräume“.

Der Wörrisch zerkugelte sich richtig gehend über diesen wahrlich müden Scherz, der wohl schon in der Altsteinzeit gang und gäbe gewesen war, wenn 'ne fesche Neandertalerin erstmals in die Höhle eines Neandertalers hineingeschneit kam und dort die Faustkeile und Mammutknochen kunterbunt durcheinander lagen.

„Oh, Sie schreiben auch?“

„Tja“, sagte der Wörrisch betont leichthin, „muss ich ja jetzt wohl, wo der Löhr ausfällt. Aber mein Chef, also der Spontek, ist sehr zufrieden, will mir 'ne echte Chance geben. Arbeite gerade an 'ner Story über 'ne Premierenfeier gestern Abend. 30 Zeilen à 36 Anschläge. Gar nicht leicht, in der Kürze den nötigen Pfeffer unterzubringen. Aber da, lesen Sie doch mal diesen einen Satz. Der hat's doch in sich, oder?“

Sollte ich's wagen? Klar. Denn jetzt war er abgelenkt. Und wer weiß, ob sich noch 'ne bessere Gelegenheit ergibt.

Vorsichtig schob ich die Tür ein Stück auf, gerade so weit, um durch den Spalt in die Wohnung lugen zu können. Ja, geradeaus lag das Wohnzimmer, genau so, wie's mir der Löhr aufgezeichnet hatte. Dort stand die Lena vorm Computer, leicht vorgebeugt und die Hände auf der Schreibtischplatte abgestützt, um diesen einen ach so großartigen Satz auf dem Bildschirm zu studieren. Der Wörrisch stand neben ihr, studierte jedoch, da er den Text ja kannte, lieber ihr Hinterteil. Was mir zwar keineswegs recht war, aber durchaus gelegen kam. Denn somit war er wirklich abgelenkt. Und nur darauf kam's an im Moment.

Gleich rechts hinter der Eingangstür musste sich laut Löhrs Skizze ein begehbarer Abstellraum befinden. Sehr nützlich, so'n Ding, da dies 'ne Menge teurer Kästen erspart. Und man sich darin obendrein verstecken kann. So, wie ich's vorhatte. Doch exakt in den Moment, in dem ich eben loszischen wollte Richtung Abstellraum, schrillte das Telefon, das blöderweise ausgerechnet im Vorzimmer stand.

Ich konnte eben noch meinen Kopf zurückziehen. Und dann still, aber voller Inbrunst die Conny verfluchen. Zehn Minuten, hatte ich ihr gesagt. War das denn so schwer zu begreifen? Zehn Minuten! Grade mal sechs waren erst vergangen, seit wir uns vorm Haus von ihr getrennt hatten. Aber schaffte es diese dämliche Nutte bis zehn zu zählen? Nee, natürlich nicht. Sondern musste jetzt schon anrufen. Und damit alles vermasseln.

Denn natürlich kam's, wie's kommen musste. Auf dem Weg zum Telefon bemerkte der Löhr, dass die Wohnungstür offen steht, und schloss sie erst mal, ehe er abhob. Hätte ich an seiner Stelle genauso getan. War ihm also gar nicht verdenken.

Da er ein eher lautes Organ hatte und obendrein verärgert über die Störung war, konnte ich hören, wie er sich meldete.

„Ja?! Nee, an Versicherungen bin ich absolut nicht interessiert, Mann. Suchen Sie sich 'nen anderen Doofen. Tschüss!"

Er hängte ein. Und ich, draußen vor der Tür, leistete gebrochen der Conny stille Abbitte. Was freilich nichts daran änderte, dass ich trotz allem ausgesperrt blieb.

Ich weiß schon, was Sie sich jetzt fragen: Ja hat denn dieser Stein keine Kreditkarte bei sich. Kennt doch jeder aus alten Ami-Krimis – Kreditkarte rein und offen ist die Tür. Mit alten Türschlössern, da funktioniert das, bei einigem Geschick. Doch ich stand hier in 'nem Neubau. Mit modernen Türschlössern. Die natürlich auch zu knacken sind. In null Komma nichts für 'nen Profi mit Spezialwerkzeug. Oder auf die gewaltsame Tour mit 'nem Stemmeisen bzw. kräftigen Schraubenzieher. Doch ich war kein gelernter Einbrecher. Und Stemmeisen trug ich keins bei mir. Außerdem ist die letztere Methode mit einer gewissen Lärmentwicklung verbunden. Und taub war er ja nicht, der Wörrisch.

Denn er hörte sehr wohl, wie dann das Telefon ein zweites Mal schellte. Fast auf die Sekunde genau nach jenen zehn Minuten, die ich mit der Conny, der absolut verlässlichen, wunderbaren Conny, vereinbart hatte.

Wieder ließ der Wörrisch sein *Ja* ertönen, das diesmal noch ärgerlicher klang als beim ersten Anruf. Kein Wunder, hatte ich ihn doch eben noch laut lachen gehört und die Lena recht eigenartig kichern. Höchst eigenartig sogar ...

Verdammt Stein, konzentrier dich gefälligst darauf, was der Wörrisch am Telefon plaudert! Doch ab diesem einen *Ja* gleich zu Beginn war für gut eine Minute gar nichts mehr zu verstehen, da der Wörrisch seinen Lautstärkepegel arg reduziert hatte. Den Grund dafür konnte ich mir denken.

Irgendwann stöhnte er dann auf: „Nicht jetzt. Unmöglich. Hab' eben Besuch."

Doch die Conny wusste, was sie darauf zu antworten hatte: *Trifft sich doch toll! Diese kleine Schnüfflerin wird's sicher auch interessieren, brennend sogar, was wir zwei zu besprechen haben.*

„Woher wissen Sie ...?", war nun folgerichtig die plötzlich recht heisere Stimme des Jochen Wörrisch zu vernehmen.

Ganz einfach, hatte die Conny nun zu sagen. *Weil ich dieses Schätzchen das Haus betreten sah. Ich steh' nämlich selbst in der Telefonzelle gleich gegenüber. Und bin in fünf Minuten bei Ihnen oben, Herr Löhr ... Ach, ich bitte vielmals um Entschuldigung! Wörrisch wollt' ich natürlich sagen. Immer diese Verwechslungen ... Und falls die süße, kleine Schnüfflerin Sie stört – werfen Sie sie doch einfach zur Tür hinaus. Also dann – bis gleich!*

Wie im Detail die Conny das alles formulierte, weiß ich natürlich nicht. Ich hatte angeboten, ihr sicherheitshalber den Text oder zumindest Stichworte aufzuschreiben, war aber mit diesem Ansinnen genau an die Richtige geraten: „He, für wie bescheuert hältst du mich eigentlich?! Ich weiß, worum es geht und dass ich dem Heini ordentlich einheizen soll. Na, das werd' ich ja wohl noch schaffen!"

Und wie sie's schaffte! Denn die Lena erzählte mir später, dass der Wörrisch nach dem Telefonat weiß wie die Wand gewesen sei. Und gleich losgestottert habe, dass er jetzt wirklich weiterarbeiten müsse an dem Artikel, und sie, die Lena, endlich aus der Wohnung verschwinden solle.

Warum er denn plötzlich so merkwürdig sei, fragte ihn die Lena dann noch ganz unschuldig-verwundert. Und ob er schlimme Nachrichten erhalten hätte.

„Nein, nein", sagte er hastig. „Alles okay. Aber raus, raus!"

Ja, er war wirklich nicht zu beneiden, der Wörrisch. Erst die Conny, dann die Lena – dieses teuflische Doppel zweier Engel konnte 'nen armen, wehrlosen, schwachen Mann tatsächlich schier zur Verzweiflung treiben.

Die Tür ging auf, Lena trat heraus. Und zuckte ein wenig zusammen, als sie mich sah, der ich immer noch heraußen am Gang an die Wand gepresst stand, während ich doch längst drinnen in der Wohnung im Abstellraum kauern sollte.

Zum Glück war der Wörrisch viel zu froh, die Lena endlich draußen zu haben, um ihr Zucken zu registrieren, warf sogleich die Tür hinter ihr zu. Um sie Sekunden später wieder aufzureißen, weil die Lena auf der Stelle kehrt gemacht hatte und mit ihren Fäusten gegen die Tür zu trommeln begann.

„Meine Handtasche! Ich hab' sie drinnen stehen lassen."

„Sie hatten gar keine Tasche dabei!"

„Doch, natürlich! Werd' ich wohl besser wissen als Sie."

Wörrisch stellte sich ihr breitbeinig in den Weg, doch die Lena wischte unter seinen Armen durch, stürmte ins Wohnzimmer. „So helfen Sie mir doch suchen!"

Also suchte der arme Wörrisch nach der verdammten Handtasche, wurde von der Lena dabei kreuz und quer durchs Zimmer gescheucht. Bis sie mich in den Abstellraum huschen sah und gleich darauf ausrief: „Mist! Jetzt fällt's mir wieder ein: Hab' sie ja doch im Auto gelassen. Tut mir Leid, wirklich."

„Ist schon in Ordnung, kann jedem mal passieren", murmelte er rasch. Und atmete erleichtert auf, als sie endlich zur Tür draußen war.

XXXI.

Das Erste, was ich wahrnahm, war der Duft von Lavendel. Hat dieselbe Wirkung wie Mottenkugeln, riecht aber entscheidend besser, kitzelt vor allem nicht so in der Nase. Und ein Nießanfall wäre wirklich das Letzte gewesen, was ich hätte brauchen können.

Durch die angelehnte Tür fiel nur ein ganz schmaler, schwacher Lichtstreifen in die enge Kammer. Als sich meine Augen endlich an die Dunkelheit gewöhnt hatten, ging plötzlich das Deckenlicht an. Im selben Moment schwang die Tür auch schon auf. Blitzartig verwandelte ich mich neuerlich in 'ne Flunder. Nur meine Schuhspitzen konnte ich leider nicht einrollen. Ich nahm zum Zwecke der Platzersparnis deshalb jene Fußstellung ein, die nebst Stöckchen und Melone das Markenzeichen eines gewissen Charles Spencer Chaplin gewesen war. Ach ja, der gute, alte Charlie ... Auch so 'n trauriger Komiker. Wie ich.

Der Jochen Wörrisch stöberte nach irgendetwas, kam mir dabei immer näher. Und während ich bereits nach 'ner passenden Ausrede suchte für den Fall der Fälle, klingelte es an der Wohnungstür. Worauf der Wörrisch kurzentschlossen nach der nächstbesten Krawatte griff, sie in seine Hosentasche stopfte und aus der engen Kammer eilte. Ich hielt ihn nicht auf. Für zwei war hier herinnen ohnedies kein Platz.

„Die sind Sie wirklich flott losgeworden“, ertönte Connys fröhlich-höhnische Stimme. „Aber keine Sorge! Falls wir uns rasch einigen, dann . . .“

„Kommen Sie doch erstmal rein“, fiel ihr der Wörrisch hastig ins Wort. „Oder wollen Sie das ganze Haus unterhalten . . .“

„Kommt darauf an“, sagte die Conny, wenn auch jetzt um eine Spur leiser. Und betrat offenbar das Vorzimmer, da gleich darauf die Tür ins Schloss fiel.

„Hier geht's weiter“, sagte Wörrisch und wirkte plötzlich um vieles ruhiger, gefasster als eben noch. „Irgendwas zu trinken?“

„Danke, nein“, sagte die Conny, wobei sich ihre Stimme ein wenig entfernte. „Hab' auch keineswegs die Absicht, hier Wurzeln zu schlagen. Obwohl ich Ihr Wohnzimmer durchaus hübsch finde, richtig gemütlich.“

Letzteres war ganz eindeutig 'ne Nachricht an mich. Gut gemacht, Conny!

Ich lugte auch sogleich hinter dem Türstock vor. Die beiden standen einander tatsächlich im Wohnzimmer gegenüber. Wobei es die Conny so eingerichtet hatte, dass der Wörrisch mir den Rücken zuwandte. Auf leisen Sohlen huschte ich zur Zimmertür, um notfalls gleich eingreifen zu können.

Im Moment jedoch wirkte Wörrisch durchaus friedlich. Stand entspannt da, die Hände in den Hosentaschen. „Sie sagten vorher was von *einigen*. Worüber?"

„Über die Höhe des Sümmchens, das Sie zu zahlen bereit sind – für mein Schweigen."

„Oh, 'ne kleine Erpresserin! Hübscher Versuch! Aber bei mir leider an der falschen Adresse." Und scharf fügte er nun hinzu: „Du hast jetzt zwei Möglichkeiten, Kleines. Auf der Stelle abzuschwirren. Oder hier mit mir auf die Polizei zu warten. Denn die rufe ich jetzt an."

Sprach's und schickte sich auch schon an, den Raum zu verlassen. Was keine besonders gute Idee war, da ich ja inzwischen mein Versteck verlassen hatte, und neben der Wohnzimmertür stand. Mich in eine Flunder zu verwandeln, ging ja noch einigermaßen. Aber mich in Luft auflösen konnte ich bei bestem Willen nicht.

Sag was, Conny, rasch, halt ihn auf, flehte ich stumm.

Und als ob sie mich gehört hätte, sagte sie, ganz ruhig, nüchtern, und gerade deshalb mit exakt der richtigen Schärfe in der Stimme: „Ich habe Sie gesehen, Wörrisch."

Er schien sie gar nicht zu hören, ging weiter,

war schon fast in der Tür. Zwei Schritte noch, und er hätte *mich* gesehen. Und alle Mühe wäre umsonst gewesen. Doch er tat diese entscheidenden zwei Schritte nicht, sondern hielt inne, wandte sich betont lässig um, ging langsam auf Conny wieder zu. „Jetzt hast du mich wirklich neugierig gemacht, Süße. Wo willst du mich gesehen haben? Wo?"

„Wie Sie aus dem Haus vom Löhr schlichen – da hab' ich Sie gesehen."

„Wer soll dir denn das glauben?", lachte Wörrisch auf. Und kam dabei der Conny immer näher. „Das kannst du vielleicht deiner Omi erzählen, dass du rein zufällig vor dem Haus gestanden bist. Aber sonst ..."

„Es war kein Zufall", sagte die Conny schlicht. „Die Kerstin hatte mir am Telefon erzählt, dass sie jetzt zum Löhr fährt. Um mit ihm zu reden. Wegen ihrer Schwester, der Tamara. *Tu's nicht,* hab' ich gesagt. Aber sie hörte nicht auf mich. Also fuhr ich hin um sie abzufangen. Kam aber zu spät. Sie war schon drinnen im Haus. Und dann kam einer raus. Nicht der Löhr. Sondern ..."

Der Rest ging in 'nem kleinen Aufschrei unter. Nein, der Wörrisch hatte sie nicht berührt. War ihr nur verdammt nahe gekommen. Und sie war unwillkürlich 'nen Schritt zurückgewichen – und dabei über den schweren Couchtisch gestolpert. Ruderte jetzt verzweifelt mit den Händen, um das Gleichgewicht wiederzufinden. Und wäre unweigerlich zu Boden gestürzt, wenn nicht der Wörrisch, der edle Retter, sie im letzten Moment am Jäckchen erwischt und hochgerissen hätte.

„Danke“, keuchte die Conny. „Aber jetzt können Sie mich wieder loslassen, ja?!“

Doch der Wörrisch dachte nicht im Traum daran. Denn dort, wo er das Jäckchen zu fassen bekommen hatte, fühlte er was Hartes unterm Stoff, das seine Neugier erregte. Und förderte ein kleines Diktiergerät zu Tage, das von einem talentierten Bastler einst in stundenlanger Arbeit mit einem zusätzlichen, winzigen Knopfmikrofon versehen worden war.

Dem Wörrisch schien das Ding jedenfalls mächtig zu gefallen. „Ach, wie hübsch!“, rief er. „Und es läuft sogar!“

Die Conny wollte ihm dieses Meisterwerk der Technik wieder entreißen, doch der Wörrisch fing ihre Hand ab, begann sie ihr zu verdrehen. „Wer ist dein Auftraggeber, sag schon! Der Rollner?!“

Wozu die Conny sinnlos leiden lassen? Das Spiel war vorbei.

Also nahm ich ihr die Antwort ab. Und trat in die Tür.

Der Wörrisch schaute mich verdutzt an,

grinste dann: „Ist heute Weihnachten oder was? Lauter Überraschungen!"

„Es war ein Versuch", sagte ich. „Und der ging in die Hose."

„Das würde ich auch so sagen. Dieses Ding da – Ihr Spielzeug?"

Ich nickte. Und fügte sicherheitshalber hinzu, dass man zum Abschalten bloß die Stopptaste drücken, nicht unbedingt gleich mit den Schuhen darauf herumtrampeln müsse.

Er drückte statt zu trampeln, ließ dann das Band zurücklaufen, hörte sich die Aufnahme in aller Ruhe an.

„Erstaunlich gute Aufnahmequalität", sagte er zwischendurch anerkennend.

„Ich weiß", stimmte ich ihm zu. Voller Bastlerstolz.

Zufrieden mit dem Gehörten, zog der Wörrisch die Kassette aus dem Gerät. „Sie haben doch nichts dagegen, Stein, wenn ich sie persönlich dem Staatsanwalt überreiche? Er soll ja auch seinen Spaß haben."

Ich zuckte nicht eben erfreut mit den Achseln. „Kann Sie nicht daran hindern. Denn wie gesagt – Sie haben gewonnen . . ."

Dem Wörrisch machte es mächtig Spaß, mich die Niederlage eingestehen zu hören. Und weil sich's für einen würdigen Sieger nun mal gehört, auch die Leistung der Unterlegenen anzuerkennen, tätschelte er der geknickt dastehenden Conny die Wange. „Aber an ihr lag's nicht. Sie war gut, wirklich. Hat mich ganz schön verunsichert, die Kleine, mit ihrer Geschichte."

„Für alle Fälle hatten Sie ja die Krawatte in der Hosentasche", erinnerte ich ihn.

„Ach die", sagte er verächtlich, zog sie hervor, hielt sie mir hin. „Ich finde das Muster grauslich. Aber falls sie Ihnen gefällt – bitte! War übrigens ein Geschenk vom Löhr. Voriges Jahr. Zum Geburtstag."

„Warum eigentlich gerade er? Er war doch Ihr Kumpel, Ihr bester Freund?"

„Das würden Sie gerne wissen, wie?!", grinste er.

„Klar", sagte ich. Wahrheitsgemäß. „Und sie werden's uns auch erzählen."

„Warum sollte ich", fragte er verwundert.

„Weil jeder Mörder nun mal das Bedürfnis hat, jemanden in seine Geheimnisse einzuweihen. Aber er darf's nicht. Weil's zu gefährlich ist. Und darunter leidet er ganz fürchterlich. Sie doch auch – oder etwa nicht?!"

Der Wörrisch schwieg. Auch das war eine Antwort. Und schon fuhr ich fort: „Aber Sie sind jetzt in der beneidenswerten Lage, uns getrost alles erzählen zu können. Denn mit dieser Kassette in Ihrer Tasche sind wir zwei, die Conny und ich, sowieso aufgeschmissen. Den

Staatsanwalt gibt's nicht auf dieser Welt, der uns zwei in dieser Sache im Zeugenstand sehen will."

Der Wörrisch zündete sich eine Zigarette an, um die Sache in Ruhe zu überdenken. Und sagte dann: „Gut. Ich werde Ihre Neugier, was den Löhr betrifft, befriedigen. Stimmt, wir sind Kumpel. Persönlich hab' ich auch nicht das Geringste gegen ihn. Aber das Zeitungsgeschäft ist hart. Und ungerecht. Vor allem zu uns Fotografen. Wir sind die Letzten in der Hierarchie. Jeder Jungspatz von Reporter kann uns umherhetzen. Und benötigt einer der Herrn Redakteure 'nen Chauffeur – kein Problem. Muss nur was von 'nem möglichen Foto faseln, und schon hat er 'nen nützlichen Idioten, der ihn, egal ob Tag oder Nacht, durch die Landschaft kutschiert."

„Bei euch beiden war's doch umgekehrt, lenkte der Löhr den Wagen", wandte ich ein.

„Wir wechselten uns ab, einmal er, dann wieder ich. Aber wie gesagt: Persönlich ist er voll okay, der Didi. Doch wer von uns beiden war's denn, der die nötigen Connections, die richtigen Quellen hatte, um die wirklich heißen Geschichten aufzustellen. Er? Nee. Ich! Ich ganz allein."

Es lag mir auf der Zunge, die Story über diese junge Schauspielerin, deren Namen mir inzwischen wieder entfallen war, zu erwähnen. Ließ das aber lieber bleiben, vorsichtshalber. Denn wenn er merkte, dass ich mehr wusste, als ihm lieb war, könnte das seinen Redefluss abrupt stoppen. Also sagte ich bloß: „Aber der Löhr hatte doch auch nichts davon, da den Ruhm ja der Spontek einheimste."

„Schon. Aber wie lange noch? Es ist ein offenes Geheimnis, dass die Tage des Spontek gezählt sind. Und dann wäre der Löhr nachgerückt. Dank meiner Connections".

„Sie hätten sich doch ebenfalls um den Job bewerben können."

„Keine Chance. Ein Fotograf bleibt immer bloß Fotograf – das ist ein ungeschriebenes Gesetz. Zumindest bei dieser Zeitung."

„Außer . . .", sagte ich.

Und er grinste. „Genau! Außer, es tritt ein unerwarteter personeller Notstand ein. Dann gelten selbst solche Gesetze nichts."

„Wie man sieht", sagte ich. Und deutete hin zum Computer.

„Verdammt, meine Story!", schrie er auf, hatte in seinem Siegestaumel ganz darauf vergessen. „Tja, meine Herrschaften, Ende der Veranstaltung. Ich denke, es reicht."

„Das denke ich auch", sagte ich. Und zauberte mit verschämtem Grinsen 'nen zweiten Kassettenrecorder aus der Innentasche meiner Jacke hervor. „Denn ich geh' gern auf Nummer sicher, Wörrisch. Wollen Sie hören?"

Nein, er wollte nicht. Wusste genau, was er gesagt hatte. Und dass das zu viel war. Viel zu viel. Also trottete er hin zum Computer, schaltete ihn ab, nicht ohne vorher freilich den Text zu speichern. Komisch, dachte ich noch. Und beinahe wär's mein letzter Gedanke gewesen. Denn für 'nen Moment nur ließ ich den Wörrisch aus den Augen. Und diese Gelegenheit nützte er, um mir von hinten die Löhr'sche Geburtstagskrawatte um den Hals zu schlingen.

Wieder sah's so aus, als ob die Mehrheit der Minderheit unterliegen würde. Doch zum Glück war der Wörrisch nicht vom Kaliber eines Rollner. Und die Conny vor allem nicht der Löhr. Denn sie ergriff nicht die Flucht, wie's er unter Garantie getan hätte, sondern die nächstbeste Flasche. Und zerdrosch sie auf Wörrisch's Schädel.

Wie heißt's so schön: Scherben bringen Glück. Richtig!

XXXII.

Zwei Wochen später machten sich dann drei Leute nach Dresden auf: die Lena, die Conny und ich. Vergnügungsfahrt war's keine. Konnte schon deshalb keine sein, da es nun eben mal kein Vergnügen ist, hunderte Kilometer in einem uralten, scheppernden Rover zurückzulegen. Vor allem aber, weil der Anlass dieser Reise ein höchst trauriger war: ein Doppelbegräbnis.

Ja. Auch die Tamara war tot. Noch im Spital hatte der Wörrisch auch diesen Mord gestanden und die Polizei dann zu jenem Wäldchen geführt, wo ihre Leiche verscharrt lag.

Das also auch noch, werden Sie jetzt stöhnen. Ja gibt's denn in dieser todtraurigen Geschichte überhaupt keinen Lichtblick? Irgendwas Positives? Zum Abschluss wenigstens.

Doch. Gibt es. Und keine Sorge: Ich schwärme Ihnen jetzt nicht davon vor, wie *schön* das Begräbnis gewesen war. Es war sehr feierlich, ja. Und sehr ergreifend, natürlich. Gab auch jede Menge Blumen. Sogar der *Nachtexpress* hatte 'nen Kranz geschickt. Auch schon was.

Aber als all das dann vorbei war, suchten die Lena, die Conny und ich 'ne gemütliche Kneipe auf. Und trafen dort auf den Manfred Kruse. Nicht zufällig freilich, da ich ihn extra hinbestellt hatte. Jedenfalls freute er sich sehr, mich mal wieder zu sehen. Und freute sich noch viel mehr, die Lena kennen zu lernen. Und die Conny. Wir plauderten so, und nach zwei Stunden ungefähr erhob ich mich, sagte, dass ich jetzt auf die Toilette müsse und ob der Manfred mich nicht begleiten wolle.

So was ist normalerweise nur unter Frauen üblich, und dem guten Manfred war die Sache auch recht peinlich. Mir nicht, da mich in dieser Kneipe ohnedies keiner kannte. Ihn schon. Denn es war seine Stammkneipe. Aber er ging halt mit. Und während wir dann Schulter an Schulter Wasser ließen, fragte ich ihn, wie er denn die Lena fände.

„Super“, sagte er. „So 'ne Assistentin hätte ich auch gerne.“

„Kein Problem. Du kriegst eine.“

„Die Lena?“, fragte er verblüfft.

„Nein. Die Conny!“

„Und du glaubst, die wär' geeignet für so 'nen Job?“

„Und wie!“

„Nun ja, kann's ja mal mit ihr versuchen“, sagte er. Und grinste.

„Unter einer Bedingung“, sagte ich. „Dass du sie nicht gleich mal zur Einschulung dein berühmtes Rätsel der fünf Knöpfe lösen lässt.“

„Gut. Wenn's unbedingt sein muss“, murmelte er.

Und so traten wir dann nur mehr zu zweit die Rückreise an, die Lena und ich. Denn die Conny blieb gleich in Dresden. Es gab ja nichts, was sie in Frankfurt zurückgehalten hätte.

Sehr lange dürfte der gute Manfred sein Versprechen allerdings nicht gehalten haben. Denn schon acht Wochen später trudelte ein Foto aus Paris ein, von 'nem Kurzurlaub, das ihn und die Conny vor dem Eifelturm zeigte. Und so, wie die beiden grinsten, schien das Rätsel der fünf Knöpfe bereits längst gelöst. Zu beiderseitiger Zufriedenheit.

Als die Lena und ich das nächste Mal nach Dresden kamen, hatte die Conny ein kleines, süßes Bäuchlein. Doch es fiel kaum auf, da das Brautkleid sehr geschickt geschnitten war.

XXXIII.

Na, nun zufrieden? Wie, was? Immer noch nicht?! Sie wollen jetzt auch noch wissen, was sich hinter diesen bescheuerten fünf Knöpfen verbirgt.

Tja, da müssen Sie schon die Conny fragen. Denn sie war's ja, die das Rätsel gelöst hat. Und die fünf Knöpfe gleich mit. An Manfreds Hose.

STEIN'S BÜRO